転生令息は冒険者を目指す!?

登場人物紹介
カルロス・アマーティア
リューディスの兄。
重度のブラコンで過保護。
王太子殿下の側近となる。
リューディス・アマーティア
前世は日本人の自衛官。
性格はマイペースかつ温厚で美少年だが、脳筋。
無自覚愛されキャラ。
ユージニア・カーレント
カーレント辺境伯の嫡男。
リューディスに初対面で懐き、
以後、親友となる。

ローウェル・カーレント
男性だがユージニアの母親。
魔術師で元冒険者。
膨大な魔力を持つ。
ヴィルヘルム・カーレント
ユージニアの父親で元冒険者。
前王の庶子で王弟。カーレント辺境伯。
メルシェ・カーレント
ユージニアの祖父で元冒険者。
優しく温和で愛情深い。
マクシミリアン・フランチェット
フランチェット国第二王子。
リューディスに一目惚れし、婚約者となる。
ミシェル・アマーティア・シルヴァリア
天然で無意識だがあざとい。苦労しているわりに純真。
姿、言動ともに男の娘に近い。

プロローグ

早朝、俺はパチリと眼を開けると同時に辺りを窺う。

部屋の時計を確認。

――〇六《マルロク》：〇〇《マルマル》、起床よし！

俺はソロリとベッドから抜け出し、扉に耳を付ける。

かすかな呼吸音と人の気配。

今日も扉の前には護衛騎士が張り付いているようだ。

極力、音を立てぬように細心の注意を払い、ベッドの下から麻縄の束を取り出す。慎重にベッドの足に結びつけ、窓を開ける。

うん、やっぱり朝の冷たい空気は美味い。

周囲を窺い、人影がないことを確かめて麻縄を窓から垂らし、窓枠に足を掛ける。

――降下準備完了！　降下！

口の中でひっそりと呟き、するすると縄を伝って地面に降り立った。忘れずに縄を室内に投げ入れ、そうっと庭の奥へと足を進める。

辺りは薄く靄《もや》がかかり、深閑としている。この屋敷の人間の朝は遅い。

俺は木立の陰になっている芝の上に腰を降ろした。

まずは腹筋を一セット十回、背筋を十回。ストレッチをして、うつ伏せの状態からダッシュ十本。

それから地面に腹這いになり、機銃がわりの木の枝を片手に片肘を地面につき、腕と腹の力を使って前進する。

頭を低く、できるだけ身体を低く保ち、爪先を上げないように気をつけて進む。

第一匍匐《ほふく》から一本ずつ数メートルずつ、進む。

――次は第三……

ズリズリと進んだところで、ふっと俺の頭上に影が差した。

前方に二本の踏ん張った太い足。

そう……っと目線を上げると腕組みをした怖いイケメン。低いイケボの冷たい響きが耳に刺さる。

「何をしてるんですか?」

――ヤバい……

「敵発見！　総員退避！」

くるりと身を翻し、ダッシュで回避！　……を試みたところで俺の身体は宙に浮いた。

「訓練中だぁ！　離せぇ！」

ジタバタするも、全く拘束は揺るがない。

「五歳児が何を言ってるんですか。皆さんに見つからないうちにさっさと戻りますよ」

「やだ……！」

「もう、大概にしてください、リューディス様。毎朝、毎朝……。旦那様や兄上にお小言を喰らいたいんですか⁉」

「それもやだ……」

そう、自己紹介が遅くなった。

俺はリューディス・アマーティア。

アマーティア公爵家の次男坊……現在、五歳。

俺はいわゆる転生者ってやつで、前世は地球の日本で自衛官をやっていた。

ひどい災害があって、緊急派遣された現場でたぶん殉職して……

気がついたらこの世界に転生していた。

思い出したのは三歳の頃かな？　肺炎になりかかって高熱を出した時だ。

まぁ、たぶん死んだなと思ったし、職務を全うしたんだから悔いはない。

ただ、死ぬ直前に会ったあの女の子が無事に助かったかが、少しだけ気掛かりだ。

その泣き声とあの女の子を託した相棒《バディ》の泣きそうな顔だけが、時折、夢には出てくるけれど。

呆れたような溜め息まじりで俺を小脇に抱えて屋敷へと足を進める強面イケメンは、俺の護衛騎士のクロード。

上手く脱走したはずなのに、まだみんな寝ている時間のはずなのに、いつもコイツに見つかって回収される。

クソッ……

「坊っちゃん――リューディス様、どこへ行ってらしたんですか！」

クロードにポンッと部屋に放り込まれると同時に、声が聞こえた。

ふっと見上げると俺の残した麻縄を握りしめ、真っ青な顔を引きつらせている青年がひとり。

従者のニコルだ。

いや、そんなにパニクらなくてもここ一階だし……

「いや、朝のルーティーンに……」

「ルーティーンって、パジャマが土だらけじゃないですか。顔も手も……！」

ニコルはつかつかと歩み寄り、言い訳する俺のパジャマをスッポンと脱がすと、有無を言わさず浴室に連行する。

俺は問答無用で顔やら手足やらをザブザブ洗われた。

「まったく、心配かけないでくださいよ。……こんなに汚して！」

「いや、有事《ゆうじ》に備えての日頃の訓練て大事だぞ！　……なぁクロード？」

振り向いて同意を求める俺に、クロードがしかめっ面で首を振った。

「違う有事《ゆうじ》に備えたほうがいいんじゃないですか、リューディス様」

「えっ……？」

振り向くと、そこには端正な面差しの少年がひとり、コメカミをひくつかせてこっちを睨んでいた。

「兄様……」

「リューディス！　お前は！」

はい、俺にとってこの屋敷で一番怖い人、登場。

俺の兄、カルロス・アマーティア、当年とって十二歳、がそうとは思えぬド迫力で仁王立ちしておりました。

第一章　リューディス始動します！

「おはようございます」

仁王立ちの兄上に、まずはにっこり笑って朝のご挨拶。

兄上の頬が少しだけ緩む。うん、挨拶大事。

「リューディス、朝からいったい何をしていたんだ？　……起こしてあげようと思ってきたら、ベッドがもぬけの殻だった」

あら珍しい。というかこの人、ブラコンなんだよね。

俺が赤ちゃんの時はかなりピッタリ引っ付いてた。前世の記憶が戻ってからは「ひとりでできるから」っていろいろ断った。子どもの成長には自立が大事なんだよ。

「いや、朝の散歩に行ったの。ほら今日、いい天気でしょ？　……そしたら転んじゃって……」

まぁ靄《もや》は出てましたけど、雨は降ってないし。

前世の妹の必殺技、テヘペロ顔で兄上の顔を見上げる。

「本当に？」

「本当です」

バラすなよ、クロード。

以前に廊下で匍匐《ほふく》前進の訓練してたら見つかって、もんのすごく怒られたんだから。だから外でするようにしたのにさ。

『我が家はお前を軍人にする気はない！』

って、えらい剣幕でさ。子どもの夢を頭ごなしに否定しちゃいけないと思うぞ。

「私が付いていていながら、申し訳ありません」

兄上の背後から無表情、低音ボイスでクロードがしれっと言う。

ありがとうクロード、ナイスフォロー。後が怖い。

「わかった……」

大きな溜め息をひとつついて、兄上が俺の肩を両手で掴んだ。父上譲りのブルーグレーの瞳がじいっと俺の顔を覗き込む。

「でも早朝の散歩はやめなさい。兄上が連れていくから、兄上が部屋に来るまで待ちなさい」

えー！　でも兄上、勉強家で夜更かしだから朝遅いじゃん。それに、すぐ抱っこするから全然運動にならないし、絶対鍛練なんてさせてくれないじゃん。

「わかったね？」

「はい……」

仕方なく頷く俺。

だって兄上は氷魔法の使い手だからさ、本気で怒ると本当にブリザードになるからな。

ちなみにこの世界には魔法があって、魔力のない人はほとんどいない。

父上や兄上は貴族で魔力量も多いし、複数の属性魔力が使えるんだって。

前世の妹がそんな感じのラノベをよく読んでたから話だけはなんとなくわかる。

俺はアウトドア派だから本なんかほとんど読まなかったけどなっ！

俺はまだ小さいから魔力量とか属性とか全然わからなくて、十歳になったら神殿で調べるそうだ。火とかだったらいいなと思う。

なんかこの世界、中世のヨーロッパみたいで銃火器なさそうだから、魔法でロケット・ランチャー撃てたら格好よくねぇ？　って、まだこの世界が平和かどうかも知らないけど。

で、その朝のあまり得意でない兄上が、早々に俺の部屋にやってきた訳といえば……

「今日は大事なお茶会に呼ばれているから、父上がお前も連れていくそうだ。早めに朝食を済ませて、支度をしなさい。粗相のないように……」

いーやーだー！

お茶会とか嫌いだ。レースとかフリルとかいっぱい着いた服を着せられるんだぞ、男なのに。そいでもってマナーとかすんげえうるさい。『俺』って言ったら猛烈に怒られたし、『私』とか『僕』とか言わなきゃいけない。しかも爵位のどっちが上の下のってすげえ面倒くさい。

前世の自衛隊も階級うるさかったけど、階級章がちゃんとあったから一目でわかった。けど、せっかく転生するんだったら階級制のないところがよかったな、ブツブツ……

「わかったな？」

「はい……」

兄上の目力にしぶしぶ頭を下げる俺。

そこに侍従がワゴンを押してやってきた。朝ごはんだ。

「リューディス様、朝食をお持ちしました」

ナプキンを取ったそれを見て再び眉根に皺を寄せる兄上。

「なんだ、それは？」

「なんだ、って、朝ごはんですよ？」

「パンケーキではないのか？」

「栄養のバランスが偏ります」

そう、前世の記憶が戻ってからまずドン引きしたのは食生活。毎朝、蜂蜜たっぷりの大きな甘いパンケーキと果物のジュースだけ。炭水化物と糖分だけの食事なんて太るし、朝から胸焼けする。

だからニコルから料理長に頼んでもらった。パンは少しだけ。スクランブルエッグにたっぷり野菜のマリネと大豆のような豆を細かく擦り潰して溶かしたミルク。果物のジュースは砂糖を入れずに果汁百パーセント。成長期なんだからたんぱく質大事、カルシウム大事。プロテインないのがとっても残念。

「お前、パンケーキが好きではなかったのか？」

「好きですよ」

不思議そうな兄上をよそ目にテーブルの前に座り、全粒粉のパンを千切って口に放り込む。

「でも、僕は成長期ですからバランスよく食べないと……」

執事がそう言ってたと嘘をついて、ゴクリときな粉ミルクを飲む。

「兄上もいかがですかか？」

「いや、私はいい……」

あら、きな粉ミルク美味しいのに。そそくさと立ち去る兄上の背中を目で追いながら、この後の日程に深い溜め息をつく俺なのでした。


朝食を終えて一息つく間もなく、俺は包囲された。

母上とメイドのマリーとニコルに三方を囲まれ、扉の前にはクロードが陣取っている。

「さぁリューディス坊っちゃま、髪を梳《す》きましょうね」

マリーは母上の守役でもあったベテランのメイドだ。ちなみにこの屋敷にはメイドはマリーしかいない。理由はわからないけど。母上は「大人になったら教えてあげる」と言った。

俺はそんなことより、今のこの状況が何より苦痛だった。

「はあぁ……」

盛大に溜め息をつくと、ニコルがヘンなものを見るような目で俺を見た。

「どうしたんです？」

「……お、いや、僕はどうしてこんな顔なんだろう……」

ポソリと呟く。同時にマリーと母上がこれでもかというくらいに目を見開いた。

「何をおっしゃってるんですか、坊っちゃま」

マリーが何かとんでもないことを聞いたように眉をつりあげた。

「こんなに綺麗なお顔をしているのに……。奥様譲りのふんわりしたプラチナブロンドのサラサラの髪にアメジスト色の切れ長の瞳はパッチリして、とても可愛いらしゅうございますよ。睫毛も長くて……。すっとして高い鼻筋に薔薇《ばら》色の小ぶりな唇がとっても愛らしゅうございますよ。肌のお色は真っ白で頬っぺたがほんのりピンクで……こんな可愛いらしく美しいお方は滅多におりませんよ」

力説するマリーに鏡の中でウンウンと頷く母上。

「でも、僕は男の子だよ……」

そうなんだよ。鏡の向こうの顔は本当に可愛くてそこはかとなく色っぽくて、女の子だったら本当に美人さんだと思う。俺だって惚れるかもしれない。自分じゃなきゃ……

「確かにさぁ……整ってはいるけど、女の子みたいじゃない？」

おそるおそる小さな声で尋ねる俺に、マリーはぶんぶんと千切れんばかりに首を振った。

「男も女もありません。可愛いは正義なんですっ！」

またもや大きく頷く母上。

「正義ねぇ……」

視線を走らせると、ニコルは明後日のほうを向いて知らんぷりしてるし、クロードは口許をちょっと歪めて笑ってやがった。

俺はもうひとつ大きな溜め息をつくと、マリーに促されて立ち上がった。

「さ、お着替えしましょう」

今日の服は白いシルクのブラウスにラベンダー色のジャケットと膝丈の半ズボン。ブラウスの襟と袖口にはこれでもかと言わんばかりにレースのフリルがついている。

「リューディスはフリルが嫌いだから控えめにしたのよ」

なかば不満そうな母上、これが控えめだったらフル装備になったらどんなだよ！

でっかいリボンタイにはデカい宝石がついてて重いし。ハイソックスにまでレースだの宝石なんか着けなくていいだろ。

「手も足も細いし、背も小さくてなんか女の子みたい……」

自分の立ち姿を見て、ますます凹む俺を母上は微笑みながら宥める。

「そのうち大きくなるわよ、まだ五歳なんだから……」

「本当に？」

上目遣いで尋ねる俺に母上がにっこり微笑む。

「えぇ」

――そうか、まだ小さいから女の子みたいなんだ！

俺は思いきって訊いてみた。

「じゃあ、クロードみたいに大きくなれる？」

途端に母上の表情が困ったような戸惑うような様相に変わった。

「まぁ……それはどうかしら？」

チラリと母上が目線を投げる。

クロードは姿勢を崩さず扉の前に立っているが、やっぱり口元が何気に笑ってる。

「さ、行きますよ」

母上に促されて部屋を出る。

玄関のエントランスまで母上に手を繋いでもらいながら、俺はチラチラと斜め後ろのクロードのほうばかり見ていた。

百九十センチはあろうという上背にガッチリした肩幅、しっかり筋肉のついた胸、腕、腰、脚。

しかも顔がいい。

太い形のいい眉にギョロリとした目力のある鳶《とび》色の瞳、存在感のある通った鼻筋に一文字に結んだ男らしい大きい口。角ばった顎には髭がある。短く刈り上げた硬そうな濃茶色の髪も凛々しく見える。

つまりは前世も含めて俺のなりたかった憧れのイケメンかつマッチョなのだ。

――見てろよ、俺だってきっと大人になれば……

悔しさにキュッと手を握りしめる俺を軽く抱き上げて馬車に乗せながら、クロードが耳許でこっそり囁いた。

「無理だ。諦めろ」

……なんでだよっ!!

「あー疲れたっ！」

俺は母上に着せられた装飾過多の洋服を全部脱ぎ捨てて、ベッドにダイブした。

今日連れていかれた『お茶会』の会場はなんと王宮だった。

――聞いてねぇー！

馬車の中で初めてそれを告げられた俺は思わず叫びそうになった。

いや、何なら馬車から飛び降りてやろうとすら思った。

なぜなら……

『今日はマクシミリアン王子殿下のご招待だ。将来の伴侶となる方かもしれないのだから、くれぐれも礼儀を失するな』

父上が人差し指をピンと立て、いかにも重要だと言わんばかりに兄上と同じブルーグレーの瞳で俺を見据えて言った。

でも……いや、ちょっと待て。

今『王子殿下』って言ったよね？

「あの……王子殿下というのは男ですよね？」

当たり前すぎることを思わず聞き返す俺に、父上はふふんと鼻を鳴らした。

「そうだ。我がフランチェット王国の現国王陛下と王妃様のご嫡男にして第二王子であられる。お年はお前よりふたつ年上の七歳だ」

まあ、兄上が王太子殿下の御学友に選ばれたと言って父上と母上が小躍りしてたのは知ってるけど、それで四月からの学園入学を前に猛勉強しているのも知ってるけど、でも、今『伴侶』って言ったよな？

「あの……父上、伴侶って、父上と母上のような関係を言うんですよね？　……王子殿下は男の子ですよね？　僕も男の子なんですけど……」

俺の質問に母上がコロコロと笑って答えた。

「そんなことは気にしなくていいのよ、リューディス。貴方は可愛いからきっと殿下のお気に召されるわ。……いずれ立派な王子妃になれるわ」

いや、そういう問題じゃないだろ。男と男だぞ。男が男と結婚するなんてありえないだろ。

目をパチクリするばかりの俺に、兄上がなかば溜め息混じりに言った。

「リューディス、この国では同性婚も認められているんだよ。特に貴族階級にはよくある話だ」

はいぃ？

「でも男同士じゃ、赤ちゃん、できないでしょ？」

俺の言葉に父上がいきなり咳き込む。俺何か変なこと言った？

「リューディス、貴方はまだそんなことを気にしなくていいのよ。大人になったらちゃんと教えるから……。王子殿下から婚約のお申し出があったら、ありがたくお受けすればいいの」

母上、ちっともよくないだろう。父上、うんうん頷いて、ふたりともどうかしてんのか？

女がいない世界ならともかく、何が悲しくて男の俺が男の嫁にならなきゃいかんのよ。

俺は、そんなに美人でもとびきり可愛くなくてもいいから、気立てのいい優しい女の子と温かい家庭を作りたい。――前世からの夢だ。

前世は忙しすぎて、なおかつ男ばっかの世界にいたから女の子と縁がなかった。だから今度こそ幸せな結婚がしたいんだ、女の子と。

「まぁ、そんなに深く考え込まなくてもいいよ、リューディス。今日は王子殿下と仲良くなってくれればいい。あとは私たちに任せておきなさい」

任せらんねぇよ、父上。何を考えてるんだよ。俺は男だっつーの。

「まあ、必ずしも婚約のお申し出があるとは限らないから。初対面だし、今日はアマーティア公爵家の子息らしく、皆さんにきちんとご挨拶できればいいよ」

馬車を降りる時、こっそり兄上が耳打ちしてくれたけど、俺はものすごく不安だった。


そうして初めて会った第二王子殿下は……やはり王子様だった。

王宮の庭園に設えられたお茶の席はとても立派で、でもなぜかほかの貴族の家の人はあまりいなかった。

『本当に懇意な方だけを呼んでいるから……』

王子はそれは素敵な笑みでおっしゃった。平たく言えば側近候補の顔見せだから、ほかの関係ない家は呼ばれていなかっただけらしいが。

紹介されたマクシミリアン王子は蜂蜜色の金の髪に澄んだ海の色の瞳をした、とても凛々しい美男子だった。

「私はマクシミリアン、第二王子だよ。君は？」

差し出された手のすんなりと伸びた指に思わず見惚れ、言葉を忘れそうになった俺に微笑みかける笑顔は、まんま太陽のようだった。

「初めまして。ぼ……いえ私はアマーティア公爵家の次男で、リューディスと申します。本日はお招きありがとうございます」

兄上と練習したとおり、右手を胸にあててお辞儀をして……そして、思いきって聞いてみようとした。

「それであの……父から聞いたんですが、婚約とかその……そういうことは……」

「こら、リューディス！」

窘めようとする父上をそのしなやかな手で軽く制して、マクシミリアン王子はふふっと小さく笑った。

「私たちはまだ子どもだし、初対面なんだからそんなことを考えなくていいよ。……まずは友達になろう」

「とも……だち？」

「そう、友達だ」

すっと差し出された手もこっちに向けた笑顔もとても自然で、俺は嬉しくなってにっこり笑って頷いた。

「はい、友達からお願いします！」

そして王子のエスコートで庭園のあちこちの美しい花々を観賞して回った。

ただ……美男子すぎる相手を目の前にすると、やはり尋常でなく緊張するらしい。

お茶や焼き菓子も食べたけれど、あまり味がわからなかった。

まあさすがに恋愛対象には見られなかったけどな。むしろ王子の凛々しさが羨ましかった。

「友達……か」

ニコルが俺の脱ぎ捨てた服をぶつぶつ言いながら拾うのを目の端で見ながら、俺はちょっと嬉しくなった。

まあ、俺の期待は後日、完璧に打ち砕かれたけどね。


ドンドン……と激しく扉を叩く音がうるさい。

時折、ヒステリックに叫ぶオバサンもとい母上の声が聞こえる。乳母のマリーのわざとらしい泣き落としの台詞も。

――知るかい！

俺は背中を向け、まるっとそれらを無視した。上掛けの羽布団をすっぽり頭から被って耳を塞いでベッドに潜り込んでいる。

「リューディス、出てきなさい！　早く！」

「嫌です」

俺、リューディス・アマーティアは、ただいま絶賛ハンスト、立て籠り中である。

突入されないように部屋の入り口の扉の前にはチェストをぴったりと押し付け、窓は侵入できないようにしっかり取っ手をスカーフで縛ってた。

原因は母上の暴走である。

王宮から帰って散々説教を食らわせた後、そろそろ剣を習いたいと申し出た俺にキレたのだ。

『貴方にそんなものは必要ありません！　貴方は殿下のお心を掴む努力をなさい！』

はぁ？

『剣のひとつもまともに使えなかったら、殿下のお友達はできません。いざとなったら殿下をお守りしなきゃいけませんから』

兄上もそう言った。王族には護衛騎士が付いているけど、いつ何が起こるかわからない。そういう時に身を挺して殿下を守り、助るのが学友の努めだし、側近としての第一歩だ、って。

『貴方はそんなことをしなくていいんです！　……貴方は美しく賢くなって、殿下に守っていただけるよう、努めなさい』

何言ってんだ、コイツ？

俺は男だぜ？

男が他人に守ってもらってどうするよ。

いや、それ以前に男であれ女であれ、自分の身は自分で守る、が基本だろう？

ましてやこの異世界に銃火器はない。剣のひとつも使えるようになっていなかったら、万一の時に対応できない。

なのに母上ときたら、剣の修練を却下しただけでなく、事もあろうに俺に刺繍やら菓子作りやらを教えるようにマリーに言いつけた。

これには俺もキレた。

『僕は女の子じゃありません。花嫁修業なんて必要ありません！』

いや、決して、個人の趣向としてそういうことを好む男子を否定するつもりはない。前世でもスイーツ男子やオトメンなる手芸や菓子作りやらを好む男もいた。

かく言う俺も前世は料理・裁縫をしない、できない訳じゃなかった。何せ自衛隊というところは自分の身の回りのことはできなきゃいけない、できて当たり前の世界だった。

行軍や野営で料理できません、破けた隊服も繕えません、では話にならないからな。

ほぼ日常に関わることはＤＩＹから赤子の世話まで何でもできるのが自衛隊員。まあ、乳は出ないけど。

だからそれを解っている女子、特に仕事を持っている女子にはよくモテる、と先輩たちは言っていた。わからんけど。

でも、それとこれとは話が違う。少なくとも俺はオトメンではない。

『絶対、嫌です！　僕は剣が学びたいんです！』

そう言い放って一目散に部屋に走り込み、ニコルも追い出して籠城すること早《はや》六時間。そろそろ音を上げると思ったら大間違いだ。

「お腹空いたでしょ、もう出てこられたらいかがですか？」

お、今度は執事登場。扉の隙間から美味そうなグリルソースの匂い。これは子羊か？

でもそんなものには揺るがない。

「嫌です。花嫁修業なんてしません。剣の稽古を認めてくれるまで、ここから出ません！」

そんなことで俺を屈服させられると思ったら大間違い。

前世の山岳行軍の訓練なんて拠点に着くまで何も口にできない。まして災害派遣の時なんて、被災者の食べるものがないのに俺たちだけが飯を食うなんてできない。だから二日三日は食わないでも我慢できるんだ。

自衛隊員舐めんなよ、元だけど。

まあ水分は取らなきゃいけないから、こっそり持ち込んだコップに水魔法で水を注いで飲んでるけどな。これは本当の初歩の魔法だから誰でもできる。生活魔法ってやつ。

で、そんなこんなでさらに数時間。やっと外が静かになった。時計を見ると時間は一九《ヒトキュウ》：〇〇《マルマル》。

そういえば、今夜は母上は夜会だったな。結局、息子より夜会が大事な母上。まあ貴族の婦人なんてそんなもんだ。父上は仕事で王宮に詰めてるからな。

「寝るか……」

起きていれば体力は消耗する。明日もたぶんこの状態だから英気を養っておかないと。

「頑固だなぁ、お前は」

ふと、声が聞こえた。

「誰？」

「私だよ、リューディス」

おそるおそる声のするほうに目を向けるとふわんと部屋の隅が明るくなり、人の姿が浮かび上がった。

「兄様？」

そこに立っていたのは紛れもないカルロス兄上だった。

「お腹が空いたろう、食べなさい」

思わずベッドから飛び起きた俺の前に、バスケットに詰めたサンドイッチとミルクのポットを差し出し、ブルーグレーの瞳がにっこり笑った。

「兄様、どうやって……？」

「転移魔法だよ。空間魔法の一種だ」

「ふぇ……」

一度行ったことのある場所なら時空を飛び越えて行ける。かなり高度な魔法だ。

「父上たちには内緒だよ」

俺は、兄上が夜食に欲しいからと言ってシェフに作らせたサンドイッチを、ベッドの端に座ってもそもそと口に運んだ。

「なぜ、父上たちには内緒なんですか？　魔法のこと」

「知られると厄介だからね」

俺の頭をポンポンと軽く叩きながら、兄上はちょっと苦い笑いを溢して言った。

「そんなに剣の稽古がしたいのか？」

兄上の問いに大きく頷く。

「花嫁修業なんて……僕、男なのに、嫁なんて嫌です」

「まぁ……な」

兄上は小さく息をついた。

「私もまだ早すぎると思う。……というか、リューディスが他家に嫁に行くなんて考えたくもない……」

最後のほうは声が小さくて聞こえなかったけど、おそらく兄上は両親の方針には反対しているらしいとわかった。

俺は少しホッとして兄上の横顔を見た。

兄上もあまり大柄ではないが、やっぱり凛々しくて格好いい。

「父上と母上には私からも言っておくから……あまり無理しないように、ね」

兄上は肩に掛けていたネルのバッグを俺の肩に掛けて、小さく笑った。

「何？」

「マジックバッグだよ。果物とサンドイッチとキッシュが入ってる。ハンガーストライキはいいけど、子どもはちゃんと食べないと大きくならないからな」

バッグの中は異空間で、入れたものは鮮度も味もそのまま。前世の国民的アニメの丸々したロボットの四次元ポケットを思い出した。

兄上のほうが格段に格好いいけど。

「まぁ、ほどほどに頑張りなさい」

想定外のエールにポカンとしている俺を置いて、兄上はニコニコしながらまた空間に消えた。

まあ、廊下をちょっと隔てた自分の部屋に戻っただけだけど俺はちょっと感動した。

その翌々日、俺は無事に勝利を勝ち取った。

兄上、ありがとう。


兄上の協力もあり、俺は無事に剣の修練を始めることができた。

先生は、護衛騎士のクロード。

しかし……

「はあぁ……」

――って何だよ、しょっぱなからその大きな溜め息は。

「坊っちゃまは、お屋敷の中で刺繍とか編み物とか……」

お前もかよ、クロード！

俺は男だぞ。しかもアウトドア派！

「絶対やだ！」

真っ赤になって怒ると、クロードはやれやれといった表情で俺の顔を覗き込んだ。

「マジですか……」

俺は思いっきり大きく頷いた。

「じゃあ準備運動から……」

「ストレッチならしてきたぞ」

胸を張る俺にクロードが目を丸くする。

「ストレッチって……」

「んとね……腹筋二十回、背筋二十回、腕立て伏せ二十回、スクワット二十回とダッシュ二十本と柔軟体操してきた」

それぞれの回数が少ないのは、あまり小さいうちから筋肉つけると背が伸びなくなるからって兄上に言われたから。

そして、あれから兄上が朝の鍛練に付き合ってくれた。匍匐《ほふく》前進は禁止だけど、屋敷のテラスでのダッシュには付き合ってくれる。クラウチングスタートからだけどな。

あんまりパジャマ汚すとニコルが叱られるから、そこは配慮。

柔軟やストレッチもベッドの上でニコルに手伝ってもらう。

『まぁ体力づくりはいいことでしょう』

ニコルも渋い顔をしながら付き合ってくれる。

前世を思い出すまでは、俺は結構身体の弱い子で、よく熱を出してた。

前世を思い出してトレーニングを始めてからめっきり健康優良児になったので、ニコル的にも心配が減った訳だ。

「それじゃ……まぁ、基礎から始めましょうか」

そう言って、なかば呆れ気味にクロードが俺に手渡したのは木刀ならぬ木の剣。すごく軽いやつ。

「これ？　……本物じゃないの？」

俺がぷっと頬を膨らませると、かなり怖い顔で睨まれた。

「子どもが何を言ってるんですか。最初っから本物の剣なんか振ったら肩を壊しますよ」

そうでした。今の俺は五歳児、もうすぐ六歳。頭ではわかってはいるけど悲しいほど非力。

「じゃあ、素振りから……って何ですか、その構えかたは？」

悪い。前世の剣道の癖で両手で構えてたわ。こっちの世界じゃ剣は片手で持つもんなんだな。うん、やっぱり中世ヨーロッパっぽい。違うけど。

「片手で持って、こう……」

うん、サバイバルナイフの要領ね。もうちょい大きいけど。

悲しいかな、頭でわかっていても身体が付いてこない。まあ前とは器が違う。リーチも足の長さも違うしな。

そんなこんなで、俺は自分の満足できる動きができるまで数か月かかった。

でも、クロードはいい先生だ。面倒くさがっているふうでいて、最初から無理な打ち合いなんかさせない。

基本をきっちり覚えさせる方針なのはいいことだ。

退屈といえば退屈だけど、やっぱり武道は基礎大事。

「リューディス様はあまり力技は向かないと思いますので……」

非力と言われるのは腹が立つけど、柔軟性や俊敏性を高めるメニューも稽古に入れてくれた。プロだわコイツ。

剣のほかにも弓や馬術なんかも少しずつ教えてくれるようになって、俺は充実したアウトドアライフを楽しんでいたが、少しだけ不思議なことがあった。

——いつも帯剣できるとは限らないので……

と言って、護身用に体術も教えてくれるんだけど、似てるんだよ、これが。

俺が自衛隊にいた時に教えてもらった、武器のない時に敵を制圧するための体術に、まんまそっくり。

——まさか……

ちょっと疑いたくなったけど、まあこっちの世界に似たような技術があっても不思議じゃないから、あえて聞かなかった。

そうして、みっちり身体を動かしてから朝ごはん。うん、運動の後の飯は美味い。

「もう少ししたら先生がおいでになるから、ちゃんと支度しておきなさい」

兄上の仰せにこっくり頷く。

俺のやる気を見込んで、兄上の説得で、両親は剣以外にもいろいろ学ばせようと家庭教師を雇った。

今日は魔術の先生が来るのだ。

魔術の先生はアミル先生といって何歳かは知らないけど、お爺ちゃん。魔術師団の団長さんだったんだって。

今は隠居して悠々自適で暮らしていて、時々気が向くと、貴族の子弟に魔術を教えているらしい。いいよな、そういう老後。

実際にはアミル先生は兄上の魔術の先生で、兄上は先生のお気に入り。俺はまだ小さいから、もっぱら兄上の魔術練習の見学と基礎のお勉強。まだ属性もわかってないしな。

今日もテラスの椅子に座って兄上の魔術練習をじっと見ているところだけど、兄上すごい。的に目掛けて火の玉飛ばしたり、大きい石を風で巻き上げたり、俺はいつもビックリしてばかりだった。

でももっとすごいのはやっぱり水の魔法。細かい霧のような雨を降らせ、その後には綺麗な虹が出る。

「兄様、すごい！　虹、綺麗～！」

俺が喜んではしゃぐと兄上もとっても嬉しそうだった。しかも水魔法の上位魔法、氷魔法も使えるから、霰《あられ》とか雹《ひょう》を降らせたりすることもできる。しかも無詠唱。

本当は魔法使う時って、自然の精霊の加護とか召喚のためになんか長ったらしい言葉を言わなくちゃいけない。

難しい魔法になればなるほど、長い言葉を言わなきゃならない。

俺だったら絶対噛むね、というかまず覚えられない。

でも、兄上は簡単な魔法だったら、無詠唱——何も言わなくても使えてしまう。とっても優秀だ。

アミル先生も兄上の才能は認めていて、できたら魔術師団にスカウトしたいようだ。

兄上も魔法大好きで本当は魔術師になりたいらしい。

けど、うちは代々、王様の側近で国の宰相を務めてきた家柄だから、兄上も王太子殿下の側近になって、将来は宰相を目指さなきゃならない。

兄上は学問もすごく優秀みたいだから心配はないらしいが、自分で好きな進路を選べないって辛いよな。

だからその分、俺には好きにさせようとしてるのか？

まあそういう難しい話は置いておいて、今日の俺には特別な計画があった。

ひとしきり兄上の練習が終わった辺りで、俺はキラッキラな眼差しで上目遣いで兄上を見つめておねだり。

「兄様、雪を降らせてください」

「雪？」

「えーと、うんと細かい雨を凍らせたやつです」

俺はキッチンから拝借してきた大きなボウルをとっても無邪気な表情で差し出した。

すでに傍らのテーブルの上にはガラスのカップとスプーンとベリーのソースが載っている。

もうおわかりであろう。

そう、かき氷である。

日本人にはお馴染みの夏の必須アイテム、かき氷。

まあ父上でも兄上でも、氷の塊を作ってもらってシェフにガリガリ削ってもらえるけどさ。

憧れなんだよ、新雪のかき氷。

前世に俺が住んでいた街はあまり雪が降らなくて、雪国育ちの同僚から聞くたびに羨ましかった。もっとも雪掻きの大変さを聞いたら住む気にはならなかった。演習の雪中行軍も辛かった。まじ遭難するかと思った。

「これでいいかな？」

兄上はちょっと眉根にシワを寄せて考えていたけど、ブツブツと何か呟いた後にはボウルいっぱいに真っ白な雪が積もっていた。

「ありがとう、兄様!!」

俺はさっそくボウルを受け取って器に取り分け、ベリーのソースをたっぷりかけた。

「え？　食べるのかい？　リューディスくん」

「きっと美味しいですよ。はい、どうぞ」

アミル先生は目を白黒させていたが、俺が差し出した器から一匙すくって口に入れた途端に笑顔になった。

「兄様も食べましょうよ」

「リューディスってば……」

俺の満面笑顔にちょっと苦笑していた兄上も器を受け取り、かき氷を口に運んだ。

「美味いな……」

「でしょ？　……最高でしょ、新雪かき氷」

「こら……」

兄上に小さく頭をこつん、てされたけれど、フワッフワの雪のかき氷は最高に美味しかった。

兄上もアミル先生もにこにこの笑顔。

ちょっと頭キーンってなったけど最高に楽しいひとときだった。

やっぱり、魔術ってすごい！

第二章　冬の終わりのお客様

冬が来た。

俺たち——俺と兄上は王都より南にあるアマーティア家の領地で冬を過ごす。

この国の暦《こよみ》は、一年が十二か月、一月《ひとつき》が三十日で前世とあまり変わりはない。いわゆる閏年はなく、一日が二十四時間だ。

ただ、「時間のない日」が一年に四回ある。

地球でいうところの夏至、冬至、春分、秋分だ。この日はどの月にも属していない。

そしてこの世界の新年は冬至の翌日から始まり、季節は冬にあたる。

この国ではそれぞれの時間のない日の翌日から新しい季節が始まるのだ。

王宮で新年を迎える儀式がなされ、新しい年の祝いの挨拶を終えると、俺たちは王都の神殿にある転移門を通って領地の教会に移動する。領地の教会で祝福を受けて領主館に入るのだ。

この時は両親も一緒だが、俺と兄上とともに新年の食事を済ませるとすぐに父上の転移魔法で王都の屋敷に戻った。

俺と兄上、ふたりの侍従、ふたりの護衛騎士、それとマリーが領主館に残り、冬が終わるまでここで過ごすのだ。

館には領地の管理をしている領主館の執事や使用人もいるが、王都の屋敷に比べると少ない。もっとも王都の屋敷にいても両親とは滅多に顔を合わせないし、日常的に顔を合わせるのは、兄上と自分の周辺の人たちだけだから、あまり変わりはない。

というよりも、むしろ王都の屋敷の使用人より距離が近い。

領地執事のグレアムは俺たちをよく気にかけてくれるし、庭師も馬丁も親切だ。

何よりこの館の別棟には引退した祖父のフェルディナンド様と祖母のオーランド様がいる。

そしてオーランド様は男だ。

この国では男同士の結婚は普通だった。王様だけじゃなかったの？

『この世界では女性が極端に少なくてね。王家や高位貴族の嫡子が稀に異性をお嫁さんにするが、同性結婚が普通なんだよ』

赤ちゃんは？　と訊くと、男でも赤ちゃんを授かる魔術があるそうな。これにはビックリ！

お祖父様が言うには、ずっと昔に流行った疫病のせいで女児の出生率が激減。それから今もなお減り続けているそうだ。

『王家では、王太子の正妃は他国の王家から迎えるから女性であることが多いが、国内で娶るのは難しいね』

母上が女なのは他国から嫁いできたから。ずっと仕えてくれているマリーはお付きの侍女で実は本国では男爵の奥さんだそうだ。キャリアウーマンだったんだな。

あ、でもお子さんは……そっと尋ねてみたら「もう成人してます」ってコロコロ笑っていた。マリーは母上よりずっと年上っぽいもんな。

でも、その国でもやっぱり女児は減っていてもはや幻。

窮余の策として異世界から召喚することもあるとか。

今の王太子の王妃はそうやって異世界から招いた人だという。

う～ん、ラノベだ。ファンタジーだ。

お祖父様夫夫《ふうふ》は元々幼馴染で、お祖父様は次男坊だったから迷わず結婚した。

その時の公爵家の長男は病気で亡くなって、奥さんもやっぱり他国の人だったから国に帰ってしまった。それでお祖父様が公爵家を継いだそうだ。

『だから、男同士だからって結婚しても不思議じゃないよ』

お祖母様はそう言うけど、俺は嫌だ。王子様の嫁になんかなりたくない。

俺がむくれていると、兄上が優しく頭を撫でてくれた。

『無理に王子と婚約することなんてないよ。リューディスはリューディスの好きになった人と結婚すればいい。男でも女でも……。私としてはリューディスがお嫁さんをもらって、領地経営を手伝ってくれたほうが嬉しいな』

兄上がニコニコと笑って言う。

そうだなっ！　さすが兄上、わかってらっしゃる!!

……ってそう言いながら、なぜダンスのレッスンがパートナーのポジなんだ？

「だって、私はリード側でしか踊れないもの。それにリューディスの手をほかの人に握られたくない」

キラッキラの、でもそこはかとなく黒い笑顔で言わないでくれない？　もしかしてヤンデレ入ってませんか？

しかも、お誕生日のお祝い兼マジックバッグのお祝いに何がいいか？　って訊いたら――

「リューディスの刺繍入りのハンカチ」ってなんだかなぁ……

結局、お祖母様に指南してもらいながらちくちくちくちく……、冬の間、ずっと頑張りましたよ。

まあ、前世で裁縫できなかった訳じゃないから、それなりのものができたけど。

お祖母様が出来映えにビックリしていた。元々器用だからね、リューディスくんは。

ちなみにこのリューディスくんハンカチは思わぬ付加価値があるらしい。

これはまた後日のお話。

ついでに、「リューディスの作ったおやつが食べたい」とか言い出した兄上。

作りましたよ……お汁粉。

え？　寒い日にはやっぱりコレでしょ。日本人なんだから、元だけど。

小豆《あずき》らしき豆があったので、前日から水に浸して柔らかくして、砂糖を加えてことこと煮て……

残念ながら餅がない。米は貴重品だし、粉にする時間もないので断念。代わりに小麦粉を練って団子にして入れた。水飩《すいとん》汁粉になっちゃったけど。

お祖母様たちはおっかなビックリな顔をしていたけれど、兄上は美味しそうって、やっぱりニコニコしてて……お代わりまでしてくれました。

まぁ、一度口に入れたら、お祖父様もお祖母様も美味い、美味しいって絶賛してくださいましたけどね。

張り切ってうどんまで打っちゃったのはやりすぎたかもしれない。

でも出汁も醤油もマヨネーズもあるのよ、この世界。

聞くと異世界の人から伝わったものなんだという。結構、異世界から来る人がいるらしい。

王太子様の王妃も異世界人らしいしな。

そのうち会ってみたいな、異世界人……

冬の終わりが近づいたその日、アマーティア領の屋敷はバタバタと慌ただしかった。

「どうかしたの？」

俺が尋ねると、執事のグレアムがなかば青ざめながら答えた。

「お客様がおみえになるんです。とっても怖い方ですから、お行儀よくしてくださいね」

「王様よりも？」

尋ねる俺にお祖母様がちょっと苦笑いして、人差し指を唇にあてた。

「そうだね。……ある意味、王様より怖いかもしれないね」

「誰？」

「カーレント辺境伯よ」

「辺境……伯⁉」

お祖母様の答えに、なぜか兄上もさぁっと青ざめた。

「どうしたの？　兄様……」

「リューディス、辺境伯様はね……」

カーレント辺境伯は今の王様の弟君で、魔獣の多く出現する国境地帯を治めている、とっても強い怖い人だという。

まぁそれよりも俺は別のことが気になった。

「魔獣って、いるの？」

「そこかぁ？」

兄上は苦笑しながら、角の生えた兎や大きい岩のように硬い熊、首が三つもある狼の話をしてくれた。

「王都の周辺やこの領地にはほとんどいないから、安心していいよ」

「ねぇ、龍は？　ドラゴンはいるの？」

「さぁ……私はわからない。辺境伯がいらしたら訊いてみるといい」

兄上はちょっぴり心配そうに、キラキラに眼を輝かせている俺の頭を撫でて笑った。


そうして、やってきた辺境伯は……デカかった。

クロードも大きいけど、オーラというか迫力がクロードよりも二倍増しくらいにすごかった。

何せクロードが普通のお兄さんに見えたくらいだ。

あ、クロードは二十代後半だからおじさんじゃないよね。かなり落ち着いて見えるけど。

エントランスでみんなで出迎えたが、お祖父様もお祖母様も真っ青、兄上なんか今にも倒れそうだった。

――でけぇ……格好いい……！

俺はといえば、迫力に圧倒されてポカンと口を開けて見上げてしまった。しかも……

「リューディス！　ご挨拶を……」

真っ青な顔のお祖父様に突っつかれて、思わずやらかしちまった。

「はいっ、アマーティア公爵家、次男リューディス・アマーティアであります！　お目にかかれて光栄であります！」

貴族の礼をしなきゃいけないのに、思わずめいっぱい胸を張って敬礼しちまった。

仕方ないだろ、テンパってたんだから……。習慣、怖い。

「リューディス！」

お祖父様の悲痛な叫びに我に帰った時には遅かった。

急いで貴族の礼をし直して項垂れた。

「あの……失礼しました。すごい緊張してしまって……」

「子どものことゆえお許しを……」

必死に取りなすお祖父様、お祖母様、難しい顔の辺境伯。

沈黙が痛い。

俺、六歳で首を斬られるのヤダ……

ところが、辺境伯は次の瞬間に豪快に笑い出した。

「ははは……これは頼もしい。俺はヴィルヘルム・カーレントだ。俺の『威圧』に屈しないどころか、こんな新鮮な反応をした者は初めてだ」

ヴィルヘルム様はポンポンと俺の頭を軽く叩きながら背後の馬車の中を振り返った。

「どうだ、倅《せがれ》よ。面白い子どもがいるぞ」

すると、馬車からひとりの少年が飛び降りてきた。

「うん。今の格好良かった！」

父親譲りの燃えるような真っ赤な髪の少年は青い瞳をキラキラさせて俺の真似をして敬礼した。

「カーレント辺境伯嫡男、ユージニア・カーレント。君と友達になりたい！」

「喜んで！」

敬礼を交わす俺たちを辺境伯はニコニコと上機嫌で、兄上たちはちょっと呆れ気味の表情で見守っていた。みんな優しい。

「挨拶はそれくらいで……中にお入りください」

正気を取り直したお祖父様に誘われて、辺境伯親子は応接間に足を踏み入れた。

「ようこそ、お立ち寄りいただきまして……」

「いや、忙しいところを済まないな」

ヴィルヘルム様は王様の異母弟で、父上とは従兄弟同士になる。

ちなみにカーレント辺境伯のお母上も男。オーランドお祖母様の弟で、先の王の近衛騎士だったそうだ。

結構なガチムチだったけど先の王様がぞっこんだったんだって。想定外。まあ恋愛は個人の自由だしな、ははははは……

先の王様が亡くなってからは息子と一緒に辺境を守っている。ヴィルヘルム様の奥方はかなりの魔法の使い手――魔術師で辺境伯が必死で口説き落としたらしい。まぁ辺境伯はクロードの三割増しの強面だからな。わかる気もする。

息子のユージニア、ユージーンは俺よりひとつ年下だったが、俺より身体がデカい。

真っ赤な髪の色は父親似、顔立ちはもうちょいソフトで綺麗な青い瞳をしている。

「俺は火の魔法も水の魔法も使えるんだ」

ユージーンは母上についてもう魔術の訓練を始めていたそうだ。いいよなぁ……

「リューディスはとっても可愛いのに度胸があるんだね。父上の『威圧』、すごい怖いのに……」

魔法使ってたの？　ズルい。

俺だって怖かったわ。てか、可愛いは余計だ。

「俺、強いやつは好きだ。いい友達になれそうな気がする」

「僕も」

硬い握手を交わす俺たち。

まあ、敬礼も言葉遣いもふたりだけの時にしなさいってヴィルヘルム様やお祖父様に釘を刺されたが、なんか前世の仲間に会えたみたいで嬉しかった。

その夜はヴィルヘルム様のお土産のワイルドボア、どでっかい猪みたいなやつのステーキをみんなで食べた。

翌日、お礼に野菜たっぷりの煮込みうどん、もちろん肉入りをご馳走したらすごく喜ばれた。

おやつに例のお汁粉を振る舞ったらレシピまで聞かれた。

辺境はここより寒いから温かい食べ物はご馳走なんだって。

ヴィルヘルム様は館に数日滞在して、俺はユージーンと兄上とたくさん遊んだ。

『おもてなしだから』と言ったら、兄上も機嫌よく相手をしてくれた。

うん、子どもは遊ばなくちゃ。勉強ばっかじゃ気が塞いじゃう。

ヴィルヘルム様が領地に帰る前に「何か欲しいものは」と訊いたから、「美味しいもの」と答えたら笑われた。

けれど言葉どおり、後日、領地館と王都に、でっかい岩熊《グリズリー》の肉の塊と鱒だか鮭に近い魚が氷浸けになって届いた。

鍋にして食べたらとても美味しかった。

それよりも俺はユージーンの手作りナイフがもっと嬉しかったけどな。

――『友達へ』

と拙い字で柄に彫り込まれたそれは、俺の一番の宝物になった。

俺は冬が終わるのが憂鬱だった。

春になれば兄上は学園に入学する。

学園は寄宿学校で王都の外れにある。周囲は、騎士学校や魔術学校——これは学園の中等部を終えて専門の分野を学ぶ人たちの学校などがあり、いわば学園都市のようになっているところだ。

週末には帰宅は許されるが、これまでのように兄上とずっと一緒には過ごせない。

俺はほとんど両親の帰ってこない屋敷で独りぼっちで過ごさなければいけないのだ。まぁ、ニコルやクロードはいるが、それとは違う。

「週末や長期の休みには必ず帰ってくるし、時々会いに来るから」

兄上がそう言ってくれるけど、やっぱり寂しい。

「でも、僕、寂しいです」

兄上の膝に頭を乗せて、ぐずぐずと愚図る俺の頭を優しく撫でて兄上が諭す。

「私だって寂しいよ。……でも、私もリューディスも少しずつ大人にならなきゃいけないんだ」

「大人に……」

そうだよな。

いつまでも一緒にはいられない。兄弟だっていずれは別の道を行かなきゃならない。

「うん、わかった……」

俺はごしごし目をこすって、兄上に窘《たしな》められながら前世の兄弟について思い出していた。

前世の俺は三人兄弟で兄貴と妹がいた。

兄貴は俺より七つ年上だった。そう、今の兄上と同じくらい年が離れていてすごく真面目で優しかったけど、怒るととても怖かった。

前世の家庭もやっぱり両親が共働きで、兄貴が俺と俺の三つ下の妹の面倒をよく見てくれた。兄貴は俺と違ってすごく頭も良かったが、運動はちょっと苦手で、そこだけは俺が勝っていた。後から知ったことだが、兄貴は本当は医者になりたかったようだ。

でも家はそんなに裕福じゃなかったし、下に弟妹もいるからって断念した。

でも、国立のすごい偏差値の高い大学に合格してエリート商社マンになった。

俺が高校卒業して自衛隊に入りたいって言ったらものすごく怒って……でも『国を守ってたくさんの人を助けたい』って言ったら何とか許してくれた。

『防衛大に行け！』とも言われたけど、それはさすがに俺の頭じゃ無理だし、幹部になるより現場で人助けがしたかった。

俺が入隊して官舎暮らしになっても、しょっちゅうメッセージが来て、近くに出張に来ると面会申請して美味い飯を奢《おご》ってくれた。

会うたびに、

――まだ結婚しないのか？

と訊かれるのには参ったが、兄貴も三十路過ぎて独り身だった。

――忙しくてな……

苦笑いしながら、優しい眼差しで注いでくれた酒の味を俺は忘れられない。

ずいぶんと気にかけて心配してくれたのに『ありがとう』も言えないうちに俺は殉職してしまった。家族には、兄貴にはすごく申し訳ないことをした。

だから、せめて今世の兄上は大事にしたい。

領地の館から王都に帰る馬車の中で俺は寂しくて、でも快く兄上を送り出そうと決心した。


兄上の入学が近づいた冬の最後の日、俺はシェフに頼んで厨房に入れてもらった。

春を迎える春分の祭りの日に食べるご馳走をこしらえる料理人の傍らで、俺は兄上に食べてもらいたい特別な食事の準備をしていた。

必要なものは餅米と小豆《あずき》。

そう、赤飯だ。

日本人だった俺にできるお祝いの気持ちの表現は、やはりこれだ。

小遣いをはたいてニコルに市場で探してもらい、やっと一升分の餅米を手に入れた。

でも、今回は兄上と俺と周りの人の分だけなので、半分くらいにしておく。

それを洗って三十分水に浸してから一度水から上げ、茹でた小豆《あずき》とその茹で汁に五時間くらい浸しておく。そうすると餅米に小豆《あずき》の赤い色が着く。

そして十分に色が着いたのを確かめたら蒸す。

この世界にせいろはなかったから木の枠を組んで目の細かい網を張って自分で作った。

大きな鍋にたっぷりの水を入れて、上に蒸し布を敷いたせいろに米と小豆《あずき》を乗せて火をつける。

火は魔石という魔力を封じた石を使ってつけるのだが、火加減が大事なので蒸している間は付きっきりだ。

途中でせいろの蓋——これも手作り——を開けて、取っておいた小豆《あずき》の色のついた汁と酒……日本酒はないので、それに近いような透明な酒と塩を少し足した汁を二回くらい全体に馴染むように振りかける。

手伝ってもらった見習いの料理人は目を白黒させていたが、蒸し上がりを一口食べさせたらすごく感激していた。

俺は作っておいた胡麻塩を軽く振りかけてお握りにした。

「これをご馳走と一緒に大皿に盛って出して」とお願いしたら、やっぱりシェフも変な顔をしたが、ひとつ食べさせたら大きく頷いて了解してくれた。

「僕から兄様への入学のお祝いです」

テーブルに出されたそれを見たみんなの反応は様々だったが、兄上はそれをじっと見つめてためらいなく手に取って頬張った。

「ありがとう、リューディス。嬉しい……美味しいよ」

赤飯のお握りをパクつきながら、俺を見つめる兄上の表情がなんだか涙ぐんでいるように見えた。

結局、俺の赤飯お握りは俺と兄上であらかた食べつくし、残りは兄上がさっさと自分のマジックバッグにしまい込んだ。

——えー、食べたかった！

新しい料理に興味津々だったのに、あぶれてブスくれるニコルとクロードには、俺がマジックバッグに確保しておいた夜食ぶんをあげた。

ふたりとも喜んでパクつき……春の祭りは終わった。

そして兄上は、俺の刺繍の入ったハンカチ数枚と赤飯お握りの入ったマジックバッグを持って、学園に旅立っていった。

ハンカチの最初の用途が俺の涙を拭うため……なんて洒落にもならないけどさ。


兄上が学園に入ってから、俺は退屈だった。

いや、やることはいっぱいなんだけど。

クロードには相変わらず稽古してもらってるし、少しずつメニューも増やしてくれてる。

得意なのは体術と弓。体術はやっているうちにコツが掴めてくれれば身体がそういうふうに動く。昔取った杵柄ってやつ？

弓術は早い話が射撃の応用。材質や風向きなんかを考えて、角度とかを計算し直さなきゃいけないけど。でも俺は基本、得意なほうだったから習得は早かった。

苦手なのは馬、馬術。

馬に嫌われている訳じゃないが、相手にも意思や気持ちがあるからコミュニケーションを取りながらの騎乗になる。

そのために馬の世話もするが、いつも舐めまわされて馬丁のジョルジュに笑われた。

――好かれてるんですよ。

そうは言われてもなぁ。

戦車とかの特殊車両を転がしたり、ヘリコプター操縦するほうがはるかにラク。

で、パカポコ、日々苦戦している訳だ。

本当に嫌いじゃないんだよ。つぶらな瞳は可愛いし、ツヤツヤさらさらのタテガミは格好いい。

けどね、なんで美味しく人参食べて、ついでに俺の手まで噛むの？

ブラッシングされて気持ちいい顔をしながら顔をベロベロ舐めるの？

馬の世話のあとはいつも顔と頭を洗う破目になる。

魔術はアミル先生が少しずつ教えてくれた。

基本はイメージなんだそうだが、先生いわく、属性は性格にも現れるそうで、俺はだいたい生活魔法はそこそこには使えるが、雨を降らせたり、火の玉を飛ばしたり、はまだできない。

代わりにアミル先生は俺に植木鉢で花を育てさせたり、紙飛行機を飛ばさせたりする。

理由がわからなくて「なんで？」って訊いた。

先生は「お前の属性はおそらく風と土じゃ。かなり珍しい」と唸っていた。

「珍しいの？」

「土は大地、世界の根幹を支えるものだからな、使いかたによっては世界が滅びる」

ひぇぇ……それ怖いんですけど。

それと……アミル先生は、俺が兄上に贈るためにハンカチに刺繍をしていたら、なんだかじっと見つめていた。

「何ですか？」

俺が訊いてもはっきりとは言わず、ニコニコしながら手元を見て頷いている。

何なんだ？

ただ、「カルロスは幸せ者じゃなあ」としきりに言っていたから悪いことじゃないんだろうな。

先生いわく、魔法には無属性のものもあって、修練していくうちに身に付いてくらしい。

魔力の鑑定が終わったら教えてくれると約束した。

普通の勉強もしている。先生はラティスさんといって王立図書館の司書長。かなり物知り。歴代の王や貴族の名前とかエピソードをそらで言える。

残念ながら、俺はそっち方面の記憶力は壊滅的にダメ。前世から歴史の年号とか覚えるの超苦手でさ。その代わり暗算とか数式は得意だった。図形とかの計算も得意な部類。

ラティス先生、実はそっち方面が苦手らしくて、『練習問題』とか言って図書館の予算を計算させる。守秘義務はどうした？　簡単な積算だからいいけど、情報漏洩、心配しないの？

「リューディスくんは真面目でいい子だから大丈夫！」

確かに図書館の予算に興味はないが、三桁の足算、引算が苦手ってどうよ？

問題はダンスの練習だ。兄上としかしない約束だったが、状況が許してくれなかった。

それで、臨時の先生は……クロードだった。

「体幹を鍛える訓練だと思え」

そう言われればそうなんだが、やっぱりパートナーポジ。

「体格差を考えろ」

確かに分厚いクロードの背中にまで俺の手は回りません。ショボン……

しかもリードが上手いんだよ、こいつ。

力あるし、タイミングの掴みかたも上手いからリフトまでできちゃう。バレエじゃねえっつーの。

それだけ技を見せられたら、俺だってやってみたくなるじゃないか。

無理くり頼み込んで、ニコルを相手にリードの練習もした。

――うん、ダンス侮ってました。反省。

背中をピッシリ伸ばして優雅にステップを踏むって並大抵なことじゃないわ。

しかもパートナーに負担をかけないようにリードするって、すごく大変。

クロードが『体幹の鍛練』って言った理由がよくわかるわ。

一日の練習が終わる頃には背中とふくらはぎがバッキンバッキンに張ってもろ筋肉痛。

でも、どんなに頑張っても兄上のいない寂しさはなかなか紛れない。

夜になってベッドに入ると、兄上に読み聞かせしてもらった時のこととか思い出してしんみりしてしまう。

「兄様？」

そんなある夜、俺のベッドの脇がふわん……と明るく光った。

「会いたかった、リューディス」

それは間違いなく兄上だった。転移魔法でこっそり帰ってきたと言う。

「そんなことしていいの？　兄様」

「本当はいけないんだけどね……」

兄上はいたずらっぽく微笑《わら》って、ベッドに起き上がった俺の脚の上にガバッと突っ伏した。

「兄様？」

「しばらくこうさせて……」

よくよく見ると、兄上の顔色があまり良くない。

何気に頬も少し痩せて、目元に深い翳《かげ》が落ちている。

――すごく疲れているみたい……

俺は無意識に手を伸ばして、兄上の髪に触れた。

そうっと撫でると、嬉しそうに目元が緩んだ。

「大変そうですね、学園……」

俺がそう言うと、俺の脚に頬をすり寄せ、兄上がかすかに笑って頷いた。

「でも大丈夫。癒してくれるリューディスがいるから……」

兄上はそう言って、しばらく俺の膝に頭を乗せてスリスリして……満足すると、また転移魔法で帰っていった。

「ありがとうリューディス、愛してる」

俺を抱きしめ、額にキスして……夜の闇に消えていく兄上の背中はやっぱり少し寂しそうだった。

それからも兄上は、時々内緒で膝枕をしに帰ってきた。

まぁ学年が進むにつれ、それも少なくなってはきたけど。

——寂しいのは俺だけじゃない……

そんな陳腐な言葉が妙に胸に沁みた夜だった。


兄上のいない日々にちょこっと慣れてきた今日この頃。

時々兄上は俺の部屋に転移魔法で来るし、長期の休みも一緒に過ごしたんだけどね、アマーティア領で。

俺は八歳になったけど、どんだけ子育ての手を抜くのよ、うちの両親。

前世の俺の両親のほうがまだマシ。

確かに、田舎の祖父ちゃん祖母ちゃんの家には行ってたけど、親父と一緒に釣りなんかして遊んだもんな。ひと夏ずっとじゃないけど。

クリスマスもケーキ買ってきてくれてみんなで食べたし、プレゼントもくれた。サンタクロースを信じない年齢になると、高いものじゃないけど堂々と直接買ってくれた。

正月は家族揃ってお詣りに行った。

少し大きくなると俺たちは友達と一緒に行ったりしたけど、こたつでみんなで御節料理食べてウダウダしたり、ゲームしたり……。家族サービス頑張ってくれてたよ、うん。

ある程度の年齢になると、俺たちも塾や部活や友達と遊ぶのに忙しかったから、逆に寂しがられたけどな。

そう、友達。

…………

…………

「どうしたの？　リューディス」

ナンデモナイデス。

すぐ傍らで、俺を見つめて微笑む金髪碧眼のキラッキラの美男子。

そう、今日は第二王子、マクシミリアン殿下の十歳の誕生日会。

俺のほかに呼ばれた本日お集まりの皆様は将来、王子の側近になる予定の方々で五人。

モントレル伯爵子息ラフィエル。その名のごとく天使のような美人だけど、魔法はエグいくらいの使い手。

マッカレー侯爵子息ダニエル。俺の憧れのガチムチタイプ。代々の騎士団団長の家系で騎士を目指している。

リンデン公爵子息ハーミット。黒縁眼鏡のザ・学者さま。

みんな王子と同じ年でつまりは俺より二歳上のおにーさん。

魔力測定も終わった少し大人な方々。

プラス気合いの入った衣装でキラキラの笑みを振り撒く同年齢らしい少年ふたり。名前、覚えられない。キャパオーバーだわ。

「お茶のお代わりはどう？」

俺はふるふると頭を振る。きっと美味しいお茶なんだろうけど、目の前のふたりの香水がキツすぎて香りがわかんないの。出されたマカロンも甘すぎて、俺の口には合わない。

――あー、みたらし団子食いてぇー
俺は和菓子派なのよ。生クリームで胸焼けするタイプ。

それと今日は大事なイベントがあるんだった。

俺は意を決して、王子にペコリと頭を下げた。

「あの……プレゼント、貧相ですみません」

実は、誕生日会の前に王子にプレゼントを贈るのが慣わし。いろんな貴族が贅を凝らした高価な品々を贈る。

うちの両親もなんか考えていたらしいが、あえて俺は断った。断って手作りの品にした。

寄せ木細工の小箱。いわゆるからくり細工のちょっと凝った作りのものだ。

自分で設計図を書いて組み立てた。板を切るのは庭師の爺やに頼んだけど、これはニコルたちに止められたから。

俺だってノコギリくらい使えるのに、「怪我したらどうするんですかっ！」て怒られた。

でも蓋には自分で王子の紋章を彫り込んで、サファイアを嵌め込んだ。

ほら、そこは一応貴族だから。

ほかは接着剤とか一切使っていない。日本の匠の技よ。

中にはタイピンとハンカチを一枚。刺繍はしていない。

俺の刺繍入りのハンカチは兄上だけのものだから。

でも、それを後から知った両親にすごく怒られた。

そりゃそうだよな、みんな高価な、贅を尽くしたものを贈っているんだから。

今日も「王子殿下によくよく謝りなさい！」と言われて送り出された。

んで、今ここ。

項垂れる俺に王子がニッコリ微笑む。

「どうして？」

「あんな手作りのもので……」

クスクスと隣の令息ふたりが嘲《あざけ》るように笑う。

――公爵家はお金持ちでしょ？

――信じられない……

悪かったな、金より心なんだよ。友達なんだから。

「謝ることなんか全然ないよ」

笑顔を崩さない。これぞ王子様スマイル。

「手作りなんですか？　……あの箱」

「はい……」

ラフィエル様、そこで突っ込まないで、凹むから。と思ったら、なんか興奮してません？

「信じられない……。こんな小さな子があんな魔法使うなんて！」

ナンノコトデスカ？

ものっすごくご機嫌な顔で王子が囁く。

「あの箱を開けるとね、空が見えるんだ」

はい？

「昼間は青空だし、夜は星が見えるんだよ」

えぇーっ⁉

俺、普通に木の板で組んだだけよ。

「かなり高度な空間魔法ですよね。誰に教えてもらったんですか？」

ラフィエル様の目がキラリと光る。

「そんなこと……してません。殿下は大事な友達だから、喜んでもらえるといいなって思っただけで……」

「それだけ？」

「それだけです」

う～んと唸るラフィエル様。でも王子殿下、ちょっと不機嫌そうな顔になる。

「友達……か」

なんで？　友達でしょ、俺たち。

「まぁ、まだ子どもだから」

ポンポンと王子の肩を叩くダニエル様。

なんですか、その意味深な笑いは。

王子殿下はしばらく考えていたが、小さな声でのたまった。

「リューディス、君の手作りは私だけにしてくれないか？」

はぁ？

「この魔法のことを他人に知られるとまずいだろう？」

確かにそれは面倒くさそう。

「わかりました」

俺はこっくり頷いた。兄上は別だけどな。

もうひとり別枠もいるけど。

「リューディス!?」

「ユージーン!?」

庭園の向こうから手を振っている燃えるような赤っ毛の俺の友達。

王子、何またむくれてるんですか？　背中に俺を隠さないで。

「ご一緒させていいですか？」

付き添う迫力の辺境伯にしぶしぶ頷く王子。

まぁ次代の辺境伯ですからね、重要人物ですよ。

「ユージニア・カーレントでございます。殿下、よろしくお見知りおきを」

「うん……」

渋い顔で頷く王子。

でも、結局、ユージーンの辺境の話を目を輝かせて聞いていた。

……だよねえ、やっぱり。

ユージーンがいる間中、テーブルの下で俺の手を握っていたのは謎だけどさ。

王子様の誕生日会の後、俺は兄上に寄せ木細工の箱を作って誕生日にプレゼントした。

王子様は「私だけ」とか言っていたけど、兄上は別だもん。

もう少し大きめのサイズで、小引出しにブローチとか入れられるやつ。

兄上はとても喜んでくれたが……でも、空は見えなかったみたい。

俺がちょっとガッカリしていると、そっと耳元で囁いた。

「空は見えなかったけど、花が揺れていてとても綺麗だよ」

ナンデスト？

「花……ですか？」

「うん」

俺も箱を覗かせってもらったけれど、そこに見えたのはなんと向日葵《ひまわり》。小引出しには朝顔が揺れていた。

はて？　どゆこと？

もっと驚いたことに、兄上にあげた箱は季節ごとに見える花が違うんだって。

秋の祭の時に見せてもらったら紅葉が揺れていて、小引出しには桔梗《ききょう》と萩《はぎ》が咲いていた。

冬の時には椿に蕗《ふき》の薹《とう》、春にはそれは見事に桜が咲き誇っていた。小引出しは菜の花になんと蝶が止まっていた。

さすがに俺もビックリして、こっそりアミル先生に訊いてみた。

先生はしばらく長く白い顎髭をいじりながら天を仰いでいたが、ふむ……と小さく頷いて厳かに言った。

「それは『癒し』じゃな」

「『癒し』？」

「贈られた相手が、憧れているもの、求めているもの、が景色として見えるのだ」

アミル先生いわく、王子殿下の『空』、兄上の『花』はそれぞれの願望を象徴しているのだとか。

「簡単に言えばマクシミリアン殿下は『自由』に憧れ、カルロス君は『優しさ』や『慈しみ』を求めている……と言ったところか。まぁ、そう単純なものでもあるまいが……」

確かに俺もそう思う。ふたりともストレスは多そうだけど、なんかそれだけじゃない。

だって殿下はともかく、兄上の箱に見えたものは俺もよく知っている、むしろこの世界では見かけない花々。前世の日本に咲いていた花だ。

——兄上も転生者……？

でも、俺は自分からそれを聞き出す気にはなれなかった。

だってどんな死にかたで転生したかわからないし、忘れたい過去かもしれない。だからあえて俺から訊くのはやめた。

それでもあの国の風景が恋しいのは、たぶん俺も一緒だ。

忘れて、今ここで生きなきゃいけないが、あの風景はやはり心の拠り所だ。きっと兄上もそうなんだ。

「そういえば、そろそろ魔力測定の時期じゃな……」

アミル先生の言葉に俺はこっくり頷いた。

俺の十歳の誕生日はもうすぐだった。


で、その魔力測定の当日、珍しく父上と母上が付いてきた。それと兄上も。

夏至の「時間のない日」、王都の大神殿にはその年に十歳になる子どもたちが両親とともに集まっていた。

この国の主神である太陽神の力が一番強まる日に、神の祝福を得て魔力を授かると言われている。

皆で揃っての礼拝が終わると、平民と貴族の子弟はそれぞれ別の部屋で測定を受ける。

王族がいれば王族はまた違う部屋らしいが、今回はいなかった。

ふと見ると、王子様の誕生日会やお茶会に来ていた、あの派手な香水臭い子息たちも来ていた。

もっとも魔力測定の当日は礼をもってあたるため、測定を受ける子どもはみんな白い衣装で、香水は禁止。

てな訳で、ふたりを見ると、意外に地味で一瞬わからなかった。

まあそれでも可愛いには可愛いかったけどね。むしろそのほうがよくねぇ？　って思った。

俺はナチュラル志向だからさ。

測定は爵位の低いほうから行うから俺は一番最後。ほかの人が帰った後でちょっと気が楽。

「さあ、ではこの水晶に手をかざして……」

アミル先生の髪の毛を取っ払ったような風貌の大神官が、白いローブを揺らしてのたまう。

俺は素直に水晶に手をかざした。……と、水晶が眩しい白い光を放った。

「これはこれは……さすがアマーティア家のご令息ですな」

大神官が唸り、父上が胸を反らした。

俺の魔力量はまあまあ多いほうで、兄上と同じくらい。

属性は《風》《地》《水》。

残念ながら《火》はなかった。

「けれど、無属性魔法を訓練次第で身につけられる素養をお持ちです」

大神官の言葉に渋い顔だった父上が一転、ニンマリした。

無属性魔法というのは、父上や兄上の使う転移魔法や防御、回復、状態異常の無効化などの『聖魔法』と言われる特殊な魔法のこと。

どれを使えるようになるかは基本の属性と修練次第だそうだ。

「カルロスは属性は多いが、あまり無属性魔法は得意ではないから、お前が頑張りなさい」

父上がいかにももったいぶった態度で告げる。

いや、兄上は転移魔法を使えるし、空間魔法も結構得意だが……

兄上がそっと目配せをしたので、それは内緒にしておく。

たぶん、俺も無属性魔法が使えるようになっても黙っていたほうがいいんだろうな、きっと。

そして、その夜は俺の魔力測定が父上の満足のいく結果だったので、盛大なお祝いをした。

でも、俺的には兄上のくれた魔道具の御守りブレスレット兼通信機が一番嬉しかった。


魔力測定が終わってしばらくした、俺の誕生日のこと。

「なんだ、これ？」

第二王子マクシミリアンから届いた誕生日プレゼントを開けた俺は硬直した。

いや、プレゼント自体は濃い紫色に金糸で刺繍の入ったお洒落なマントなんだけど、問題は添えられたカードにあった。

――『私の大切な婚約者、リューディスへ』

婚約者？

こんやくしゃ？

誰、それ？

「まぁ、素敵なマント。よかったですねぇ、リューディス様」

上質のベルベットの手触りにうっとりしながらマリーがにっこり笑う。

よくない！

いやマントは嬉しいけど、そういう問題じゃない！

カードを開いたまましばし固まった後、俺は夜会に行くためのおめかしに余念のない母上の部屋に突入した。

「母上っ！」

「なあに騒々しい」

優雅に扇を口元にあてて微笑む母上。

そろそろその派手な色合いのドレス、やめたほうがいいですよ。いくら若く見えると言っても年は年ですから。

……いや、そこじゃない。

「これ、何ですか⁉」

俺が握りしめたカードを突き出すと、なお上機嫌そうにホホホ……と笑う。

「あら、マクシミリアン殿下からプレゼントいただいたの？　よかったわねぇ……」

いや、全然よくない。

「ちゃんと見てください、このカード。僕、殿下と婚約なんかしていません！」

猛烈抗議する俺に、母上がしれっと言い放った。

「しているわよ」

なんですとーーー⁉

「五歳のお誕生日にマクシミリアン殿下にお目にかかったでしょ？　……殿下はあなたをとても気に入られて、でも子どもだから、婚約者候補になっていたの……魔力測定もしてなかったし」

母上がふぁさりと扇を揺らす。

「でもほら、この前あなたの魔力測定したでしょ？　……その結果を国王陛下にお知らせしたら満足されて、殿下も『ぜひに』っておっしゃったの」

はあぁ？

「聞いてませんけど!?」

「まぁ『内定』だから……」

母上は侍従にショールを掛けさせ、するりと俺の脇をすり抜けた。

「詳しいことはお父様にお聞きなさい。……じゃあ、私は出掛けるからお留守番、頼むわね」

唖然としている俺を置き去りに、母上は颯爽と夜会へと立ち去っていった。

おい待てや、こらぁ！

仕方なく俺は父上が帰るのを待ち、書斎の扉を叩いた。

「父上、リューディスです。入っていいですか？」

「何だね、こんな遅くに」

扉を開けると、バサバサと机の上の書類を片付けている父上。

こんな時間まで持ち帰りで仕事してんの？　過労で死ぬよ？

それにしては俺が入室した際の慌てぶりがちょっと変だったけど。機密書類の持ち帰りはやめましょう。紛失したら大変よ？

「今日、第二王子様から誕生日のプレゼントを頂いたんですが、こんなメッセージカードが入っておりました」

俺は机の向こうの父上にカードを突き付けた。

「僕はマクシミリアン殿下と婚約した覚えはありません！　殿下とはお友達です！」

父上はカードと気色ばむ俺の顔を交互に見て言った。

「そう思っているのはお前だけだ」

なにぃ⁉

「以前から殿下や国王陛下はお前をお気に召して、婚約の打診をいただいていた。……我がアマーティア家にとっても光栄な話だが、お前は子どもだし、魔力の測定も済んでいなかった。……公爵家の令息とはいえ、魔力の少ない者を王家に嫁がせる訳にはいかないからな」

父上は一度言葉を切り、こほん、と小さく咳払いをした。

「だが、お前には十分に魔力があった。それで陛下からも話を進めてほしいとのご要望でな」

「僕は嫁になんか行く気はありません。僕は男です！」

「それは知っている」

父上は俺を上から下まで確かめるように眺めて、続けた。

「お前も知っているとおり、この国には女性が少ない。第二王子殿下とはいえ、女性と婚姻を結ぶことは難しい。……有力な貴族の子弟を妃として迎えることになんら問題はない」

「僕にはあります！　……別に僕じゃなくても……」

「お前がいいと陛下もマクシミリアン殿下も仰るのだ」

反論する俺の言葉を父上はむっとした顔で遮った。

「でも……」

「よいか、リューディス！」

父上は拳でドンと机を叩いて俺を睨みつけた。

「王家の一員となれるのは、この上なく名誉なことだ。……我がアマーティア公爵家の一層の発展に繋がる。カルロスが王太子様の側近となり、お前が第二王子妃となれば、我が家の権勢は磐石だ。ほかのどの家も敵わない。アマーティア家の将来が安泰になるのだ」

――こいつ……！

この父親は俺たちの都合などこれっぽっちも考えていない。

わかってはいたけど、兄上や俺を権力を奪うための道具としてしか考えていないのだ。

「僕は嫌です！」

叫ぶ俺に、父上はなおも大きな声で言った。

「王家の御意向に背いて、この国で生きていけると思うのか！」

俺はぐ……と言葉に詰まった。

悔しさにじわりと涙が溢れてきた。

父上は流石に気が咎めたのか、少しばかり言葉を和らげて俺を宥めにかかった。

「まぁ、お前はまだ子どもだ。世情に疎いのもわかる。色恋など早いのもわかる。……だが、これは決まったことなのだ。幸い殿下もお前を気に入っておられる。時間をかけてゆっくり心を通わせていけばよい」

「………」

俺は無言で父上に背中を向けて、書斎を出た。

「リューディス！」

背後で怒鳴る声などガン無視して俺は自室に駆け込み、ベッドに突っ伏して怒りに震えた。

兄上に訴えてみたが、「王家の決定には逆らえない」と力なく言うだけだった。

友達って言ったのに……

俺は自分の非力と王子の裏切りに泣いた。

そして、決心した。

——家出してやる！

俺は怒った。本気で怒った。

両親にも、王子にも……もう会いたくなかった。

貴族社会はそういうものだと兄上に諭されたけど。

まだ婚約だけだし、形だけの話かもしれないし、時間をかけて説得すれば解消してもらえるかもしれない。兄上も王太子にお願いしてくれると言ったけど……

とにかく俺は、もうあの両親の顔を見たくなかった。

なので、俺は次の日、家を抜け出した。

王子に形ばかりの礼状を書き、ニコルが部屋を開けるのを見計らって、なるべく目立たない服装に着替えて部屋の窓から脱走した。

人混みを掻き分けるように走るのは少し怖かった。

けれど、フードを深く被ってユージーンにもらった宝物のナイフを腰に差し、密かに貯めていた小遣いをありったけ持って走った。

どこに向かったらいいかわからなかったけれど、とにかく王都から離れたかった。

そうだ、大神殿……

大神殿には転移門があった。

――神官の人に頼んで、転移させてもらおう。

どこへ？

アマーティア公爵領なら一番無難だが、両親にすぐバレて連れ戻される。

――どこでもいいや。

遠くへ、可能な限り遠くへ行きたかった。

「おい、待ちな」

黒い影がふと俺の行く手を遮った。

顔を上げると、見知らぬ人相の悪い男たちが俺の前に立ち塞がっていた。

「そこ、どいて！」

「そうはいかねぇなぁ……」

男たちはニヤニヤ笑いながら、俺を見下ろしていた。

「お前、貴族の坊っちゃんだろ？　どいてほしけりゃ、金を出しな。さもなきゃ……」

ぬっ、と太い腕が伸ばされ、物陰に引き摺り込まれた。

――ヤバい！

俺は咄嗟的にその手首を掴んで投げ飛ばした。

「このガキ！」

別な手が伸びてくるのをかわして、体重をかけて鳩尾に肘を叩き込む。

もうひとりには、思いきり金的をくらわした。下品だがこれが一番効くんだ。

「こいつ、……舐めやがって！」

ひとりの男が胸元から光るものを取り出した。ナイフだ。

――こいつら、マジだ。

二度、三度とかわしながら俺は背中に冷や汗をかいていた。滅茶苦茶に振り回してくる刃筋を避けながら退路を探した。

だんだん息が上がってくる。体力のない子どもの身体が恨めしかった。

――もうダメか……

覚悟を決めてぎゅっと眼を瞑った時だった。

「お前ら、何をしている！」

低音のド迫力ボイスが聞こえたかと思うと、目の前が急に静かになった。

そうっと眼を開けると、そこには先ほどの男たちが這いつくばり、その先にデカい美丈夫が仁王立ちしていた。

「おい、大丈夫か？」

俺の顔を覗き込むその姿には、見覚えがあった。

「カーレント辺境伯……？」

「ん？　お前、アマーティアんとこの坊主か？」

フードを取った俺に、迫力の辺境伯は一瞬眼を丸くした。

「いったい何をやってるんだ？　お前みたいな小さな貴族の子弟がひとりで出歩くなんて、もってのほかだぞ」

大きな両手でガシッと肩を掴まれ、再び顔を覗き込まれた。確かに叱るような眼差しは怖かった。でもそれよりも巨体を屈めてしゃがんで視線を合わせてくれる姿に、俺は思わずポロリと涙を落とした。一滴だけじゃなく、眼から水が溢れ出してきて止まらなかった。

「おい、どうした？」

辺境伯は戸惑いの表情で俺の涙を拭い、貧弱な身体をひょいとその腕に抱えあげた。

「ぼ、僕……家にいたくない」

「あぁ？」

なぜかわからないけど、俺は辺境伯の肩口に頭を押し付けて、わんわん泣き出してしまった。

「おい、どうしたんだ？　……何があった？　ちゃんと話せ」

辺境伯の分厚い手に頭を撫でられながら、俺は涙が止まらなかった。

十歳を過ぎたのに恥ずかしいと思いながら、でも涙が止まらなかった。

「しゃあねぇなぁ……」

辺境伯は従者に命じて俺の屋敷に使いを出し、そのまま俺を抱えて辺境伯のタウンハウスに連れていってくれた。


「家出だぁ？」

やっと泣きやんだ俺は、辺境伯邸の執事が淹れてくれたホットミルクのカップを両手で抱えて、こっくり頷いた。

「だって……」

しどろもどろになりながら、事の顛末を話すと辺境伯は大きな溜め息をついた。

「お前だって貴族の子弟だろ？　しかも高位貴族の公爵家だぞ」

「それでも嫌なものは嫌なんです！」

辺境伯は呆れたような眼差しで俺を見て、そして口の端を歪めて小さく笑われた。

「面白い小僧だな……」

「面白がらないで、叱ってください。辺境伯……」

俺の後ろには知らせを受けて駆けつけてきたクロードが、真っ黒な怒りのオーラをまとって仁王立ちしていた。

「そうですよ、心配したんですからね。それをいただいたら帰りますよ！」

従者のニコルも限界ぷんすこ状態だ。怖い偉い辺境伯の前でも隠せないくらいって、相当怒ってるよな。

背後のふたりをまあまあと宥めて、辺境伯は俺をじっと見た。

「家に来るか？」

「「はぁ？」」

背後できれいにハモる従者たち。俺も限界まで眼を見開いた。

「親の顔が見たくないんなら、しばらく俺んとこで息子の相手でもして遊んでいればいい。行き先がわかっていれば安心だろう。……どうだ？　来るか」

「行く！」

俺がふたつ返事で承諾したのは言うまでもない。

「本気ですか……」

大至急でニコルに家から当面の着替えを持ってきてもらい、大神殿の転移門からカーレント辺境領に転移した。

俺と辺境伯だけなら辺境伯の魔法で転移できるが、ニコルとクロードも絶対着いていく、と言って聞かなかったから、大神殿から一緒に転移した。

「身の回りのお世話は必要でしょ！」

ニコル……大概のことは自分でできるんだけど。やってるでしょ、俺。

「眼を離すと何をするかわからん！」

まあ、クロードのその一言には反論の余地はないけどさ。

でもなにげに辺境伯と張り合ってないか？　ふたりの間の空気がなんか微妙なんだが。

ということで、俺は無事に（？）カーレント辺境伯爵領に家出した。

兄上にはちゃんと報告したよ、もちろん。

少しホッとしたような口調で、長期の休みには会いに行くって言ってくれた。


「リューディス！」

カーレント辺境伯の屋敷に転移した俺たちを真っ先に迎えてくれたのは、ユージーンだった。

「ユージーン、久しぶり！」

「なんか大変だったみたいだけど、大丈夫？」

「大丈夫だよ、ありがとう」

抱き合って再会を喜ぶ俺たちの傍らでニコニコしながら、俺たちを見ているのは、ユージーンの母上のローウェル様とお祖母様のメルシェ様。

ローウェル様は辺境伯と並ぶと華奢に見えるが、当然ながら子どもの俺たちよりは長身で身体つきもしっかりしている。兄上を大人にしたような感じ。髪はこの世界では珍しい黒髪で、瞳はアイスブルーの知的な美形。

メルシェ様は元騎士だったこともあって、逞しい体つき——まぁ辺境伯よりは小柄だけど——だが、柔和な優しい面差しをされていた。ユージーンの真っ赤な燃える炎のような髪は祖母譲りなんだろう。

辺境伯であるヴィルヘルム様は強面だが、ローウェル様とお祖母様のメルシェ様の前では迫力が二割くらい減る。

「君たちも疲れただろう。まずは部屋でひと休みするといい。……すぐに夕食の支度をするから」

ニコルとクロードに声を掛けてくださったのはメルシェ様。

クロードを見ると目を細めて、「大きくなって……」と呟かれていた。

クロードもなんか面映ゆい感じ、知り合いなのか？

「こっちだよ！」

俺たちを部屋に案内してくれたのはユージーンだった。

あてがわれた部屋は二間続きの立派な客間で、従者の控える次の間も二部屋になっていた。

ニコルとクロードはそれぞれの部屋で待機できるってすごさ。

窓は大きくて、二重ガラスに鎧戸まで嵌まっている頑丈な造りのもの。

「冬は寒いからね。……それにここには魔獣がいる。領主館まで襲ってくることはないけど、空を飛ぶやつもいるから」

「ドラゴン？」

「それはまだ見たことないなー」

分厚いワインレッド色のカーテン越しの景色は、連なる山々とそして堅固な要塞の灰色の壁だった。

「ここは田舎だから、王都と比べていろいろ不便かもしれないけど、勘弁してね」

オーク材に似た頑丈な木製の大きなベッドの端に並んで座り、ユージーンがてへっと笑った。

言われてふと見回すと、部屋の中の調度品は至ってシンプルだった。どれも上質な丈夫な素材で作られていて繊細な彫刻も施してあるが、金銀の装飾は少ない。

俺としてはすごく落ち着いていい感じだ。

「ううん、すごく素敵だよ。大人になった気分だ」

「ならいいけど……」

俺が微笑んで返すと、ユージーンが嬉しそうに笑った。

そして、俺の耳許に耳を寄せて言った。

「箱……ありがとな」

「あぁ……大したものじゃなくてごめんな」

ユージーンの誕生日にも木組みのちょっと大きめの箱を作って、王都で流行りのお菓子を入れて贈った。お菓子は日持ちするものを選んで特別転送便で送った。

王国内なら各領地の商人ギルドに転送で届いて宛先に配達してもらえる。前世で言うところの宅配便みたいなシステムがあった。

「とんでもないよ。あれ、すごいんだぜ！」

ユージーンが興奮した面持ちで言った。

「開けると海が見えるんだ！」

「海？」

ユージーンはこっくりと頷いて、目をキラキラさせて囁いた。

「俺、絵本の中でしか見たことなくて、でもすごい憧れててさ……。すごいんだぜ！　でっかい魚が泳いでて背中から潮とか噴き上げてんだ。……ありがとうな、リューディス。お前、すごい魔法が使えるんだな！」

「いや、そんなことはないんだけど……」

俺はポリポリ頭を掻いた。実際、そんなこと考えてもみなかったからな。

「でも、みんなには内緒にしてな。それ……」

ユージーンはあっけらかんとしてるから今さらだとは思うけど。

「あ、母上にはバレた。ごめん。……でも、母上にも、みんなには内緒にしなさいって言われたから大丈夫」

ユージーンの母上のローウェル様は超一級の魔術師だ。まぁそれはバレるのは仕方ない。むしろ周りに黙っていてくださるのはありがたい。

「お食事ですよ」

執事が呼びに来て俺たちは部屋を出た。

「いっぱい遊ぼうな」

「うん！」

手を繋いで階段を降りる俺たちを、大人たちが本当に温かい目で見ていた。

辺境伯邸の晩餐は、豪勢……というよりは豪快で、デカい魔獣の肉がごろごろ入ったシチューに、どっさりの温野菜のサラダ。そして切り分けたジンジャーのパンがテーブルの真ん中にドンと置いてあった。

「多かったら、残していいからね」

メルシェ様が優しく言ってくださった。

シチューの肉は大きいけど、柔らかく煮込んであって、ほろほろと口の中で溶けてなんとも言えない旨味が広がって美味しかった。

野菜も味が濃くて、甘くて、王都の屋敷で食べている料理と同じものとは思えなかった。デザートのプディングも卵の味が濃厚ですごく美味しかった。

「まぁ素材が新鮮だし、うちは土も水もいいからな」

ちらりと辺境伯がローウェル様を見られた。

つまり魔法を有効活用してるってことらしい。

「しかし困ったもんだな、王家のやつらも……」

俺の事情を聞くと、メルシェ様がちょっと眉をしかめた。

「こんな子どもに政治的な思惑をさらすなんて……」

ふうぅ……とローウェル様が溜め息をつかれる。

「まぁ、ここにいる間はつまらんことは考えなくていい。……せっかくの機会だ。俺がみっちりシゴいてやろう！」

「本当ですか⁉」

王国で一番強いって言われるカーレント辺境伯から直々に剣を習える。

俺は思わず目を輝かせてしまった。

隣でユージーンがうへぇーという顔をしていたが、気にしない。

でも、クロード、なんでお前まで死んだ魚の目になってるのか？


そうして俺はユージーンたちと暮らし始めた。

両親には辺境伯から手紙を書いてもらったが、「よろしく頼む」の一言だった。

――まぁそういう人たちだよな。

俺は最初から全く期待してなかったけどちょっと寂しかった。

でも、辺境の人はみんな優しかったから、あまり気にならなかった。

そして、どんな生活を送っているかというと……


辺境の朝は早い。

俺が目覚めて朝のルーティーンを始めると同時くらいに、ユージーンが部屋に顔を出す。

「おはよう、リューディス。それ終わったら朝ご飯だよ～」

「おはよう、ユージーン。了解だよ」

俺がウォーミングアップを済ませて階下の食堂に降りると、みんな揃っている。

「いただきますっ！」

だいたいはポタージュのスープと葡萄パン、それとカリカリに焼いたワイルドボアのベーコンと魔獣の卵の目玉焼きが朝のメニュー。サラダや蜂蜜入りのヨーグルトもある。

前世で言うモーニングのフルセットだ。

食事が終わったら屋敷のすぐ傍にある畑に行く。ローウェル様とユージーンと一緒に野菜の収穫をして屋敷の厨房に運ぶのだ。

領主の奥様が自分で？　と最初はちょっと驚いたけど、ローウェル様はにっこり笑って仰った。

『ここは僕の実験菜園なんだよ』

ローウェル様は土魔法で土壌改良の実験をされていていろんな野菜を作られていた。

魔法で温度と湿度を管理しているビニールハウスみたいなものもある。ビニールじゃなくて、ごく薄い魔力を込めた布で覆われているが。

ローウェル様の丹精の甲斐があって、ここの野菜はみんな大きくてみずみずしい。取れたてのトマトや胡瓜をその場で味見したりすると、本当に甘くて美味しい。

「土魔法ってすごいよな」

ユージーンが野菜の籠を抱えて感心したように呟く。

「リューディスも《土》属性の魔法を使えるんだろう？　いいなぁ……」

「へぇっ、ありがとう」

戻ったら一息入れて剣や弓の稽古だ。これはいつもどおりクロードが教えてくれる。ユージーンも一緒だ。

ユージーンは俺より身体が大きいので普通の大きさの剣を振るっている。ちょっと悔しい。

お昼近くになると辺境軍の兵士の鍛錬をしていた辺境伯が帰ってきてみんなで昼ご飯。

メルシェ様は午前中いっぱい辺境領内のあれこれに関するデスクワークをこなされている。

「あの子《ヴィルヘルム》は昔から机に向かっているのが嫌いで、すぐに外に行っちゃうんだよね」

うん、なにげに親近感。

午後からは、俺とユージーンは遊びの時間だ。

といっても、弓で鳥を狙ってみたり、ローウェル様と魔法の練習をしたり。

時々は領内の見廻りがてら辺境伯が遠乗りに連れていってくれた。

早い話がほぼ訓練と勉強なんだけど、ちっとも苦にならない。

ユージーンと一緒で、ローウェル様の指導がお上手だからだろう。

ローウェル様はほとんど全部の属性の魔法が使えるし、魔力の大きさもすごい。

俺の属性を知ると風魔法と土魔法の使いかたを教えてくださった。

「土の魔法はとても大事なんだよ」

ローウェル様は仰る。

「大地を豊かにすることもできるし、大地を揺るがせることもできる。……人の命を握っていると言ってもいい」

だから属性持ちの数も少ないし、魔力の強い者はなお少ないらしい。

「強い心の人じゃないと使えないんだ」

ローウェル様はしみじみと仰った。

ローウェル様は若い頃、属性はあったけどほとんど使えなかったそうだ。

「僕は《闇》属性持ちでね。小さい頃はよく苛められたんだ」

ローウェル様いわく黒髪は《闇》属性持ちの証で、当然、周囲にはあまりいい印象を持たれない。ネガティブな感情がすぐに魔法に結びつきやすく、人を傷つけることもあるから、物心が着くまで魔力を制限する魔道具まで付けられていたらしい。

「うちは貴族だったからね。学園にも入ったんだけど誰も友達になってくれなくてね。……ヴィルだけが僕に優しくしてくれた」

辺境伯とローウェル様はちょっと年が離れていたけど、身体が弱かったローウェル様は一年遅れ、訳ありで辺境伯は十一歳で学園に入られたんだって。

「学園で苛められていた僕を助けてくれたのが、ヴィルとの出逢いだった。僕が苛めに耐えきれなくて闇魔法を発動しそうになった時に、止めてくれたのもヴィルだった……彼は魔力の無効化のスキルも持ってたから、彼のおかげで僕は人を殺さなくて済んだんだ」

ほかの生徒を守るために辺境伯はローウェル様を抱きしめて、止めて……その後、ローウェル様を苛めていた生徒は辺境伯に制裁を食らったらしい、物理で。

——そっちのが怖そう……

俺はユージーンと顔を見合せてウンウンと頷いた。

その後、ローウェル様を苛めるやつがいなくなって無事に学園を卒業されたものの、魔術学校に進んだローウェル様はやっぱり嫌がらせされた。こっちは才能に嫉妬されてだった。

思い余って学校をやめようと悩んでいたローウェル様を、ある日、辺境伯が迎えに来た。

『俺と一緒に冒険者をやらないか？』

それでローウェル様は決心されて、辺境伯が王宮に呼び戻されるまでふたりであっちこっちに行って魔獣討伐をされた。そして、お互いを好きになられた。

「僕が《闇》属性持ちだから、王家も結婚にはすごく反対したんだ。僕も身を引こうとしたんだけど、ヴィルが僕と結婚できなきゃ王都には戻らない、辺境領も継がないって言い張って……」

なにげに頬の赤いローウェル様。

もしかしなくても、俺たち惚気られてます？　またか……という顔のユージーン。

そうなんですね、通常運転なんですね、ローウェル様。

「メルシェ様は大歓迎してくれた。一緒に辺境で暮らすようになって、やっと気兼ねなく魔法を使えるようになったんだ」

なんとローウェル様の魔力が完全開花したのは、辺境伯と一緒になられてからだそうだ。

「だからね……」

再びローウェル様はしみじみと仰る。

「人を好きになるのに性別は関係ないんだよ。……恋は人とするもので、性別とする訳じゃないんだ。僕はそれをよく知ったよ」

「でも……」

項垂れる俺の背中を優しく擦ってローウェル様は仰った。

「気持ちはわかるよ。身勝手な大人の押し付けなんて相手にしなくていい。……でも、本当に好きな人ができた時は、相手が同性だからって躊躇《ためら》わないでね」

隣でユージーンが首が千切れるくらい頷いている。

「もっとずっと先かもしれないけど……」

ローウェル様がふんわり微笑まれる。

「そういう日が来たら、思い出してね」

そうだよな。

俺たちはまだ子どもなんだ。

愛とか恋とか結婚なんて早すぎる。

まだまだ、やりたいことも夢もいっぱいあるんだ。

そうだろう？　ユージーン。

……って、なんでお前、膨れてるの？

ローウェル様のドラマチックな恋のお話はそれなりに感動した。

けれど、俺の頭は耳に飛び込んできたパワーワードでいっぱいだった。

冒、険、者！

ぼうけんしゃ！

前世、魔獣討伐のあのゲームに嵌まりまくった俺の憧れ。オンラインで同期や隊の連中とパーティ組んでほかの隊の連中と競いあったりして、すんげえ楽しかった。

魔獣がいると聞いてちょっと期待はしてたんだけど、やっぱりいたんだ！

俺の胸は一気に高鳴った。

「いいなぁ冒険者、僕もなりたい……」

おやつの手作りクッキーをポリポリ齧りながら、意識はあのゲームの世界へフライアウェイ。

「リューディスがかぁ？」

ユージーンが意外そうに顔をしかめる。

でも、お前もなりたくないか？　冒険者。

「俺もなりたいな～冒険者。魔獣狩って気儘に暮らすの」

そうだろう、そうだろう、友よ。

ふたりして遠い目をして見果てぬ夢を追っていると、傍らからクスクス笑う声がした。

「大変だよ～。冒険者」

振り返ると、もぎたての葡萄をこんもり盛った籠を抱えたメルシェ様が立たれている。

「お祖母様？」

二房、三房ほど残して、あとは鍛練している兵士に差し入れるように執事に指示されたメルシェ様は、俺たちの隣にゆったり腰を降ろされた。

「僕も冒険者だったからね」

「お祖母様が？」

うん、と頷いて、メルシェ様は俺たちに葡萄を勧めてにっこり笑われた。

「あの子が、ヴィルが生まれてからのことだけどね」

メルシェ様は先の王様付きの近衛騎士であられたが、はからずも王様とそういう仲になってしまわれた。

「あの子を授かったのがわかって、さすがにまずいと思って勤めをやめたんだ」

「騎士なのに、その……そういう関係を求められて、嫌じゃなかったんですか？」

失礼とは思ったけど、俺は率直に尋ねてみた。

メルシェは静かに首を振った。

「あの方は寂しい方だったから……」

先の王様はそれなりに仲の良かった正妃を早くに亡くした。側妃は数人いたが、いずれも折り合いがよくなかったそうだ。

「みんな、あの方のお気持ちより、自分の欲を押し付けようとしていたから……」

先の王様の側妃たちは有力貴族や他国の子弟で、自分の実家や祖国の権力を伸ばそうと躍起になっていたらしい。

「王というのは公平でなければいけないし、誰にもお心を打ち明けられず、とっても孤独でいらしたんだと思う」

幸い、王太子、今の国王は学園に入る年頃にはなっていたものの、王宮の中は殺伐としていたという。

「あんまり可哀想でね……つい絆《ほだ》されちゃったんだよね」

わかります。メルシェ様、とっても優しい方だもの。

「でも、流石に子どもができては今までどおりに勤められないからね」

そして父君である当時の辺境伯に相談されて近衛騎士を辞して領地に帰り、辺境伯、つまりヴィルヘルム様を産まれたそうだ。

「父君様、曾祖父様《ひいおじい》は怒らなかったの？」

ユージーンの言葉にメルシェ様はにっこり笑われた。

「怒りもしたけど、それ以上に喜んだよ。跡継ぎができたってね」

そしてヴィルヘルム様が五歳くらいになるまでこの辺境領で暮らされて、それからメルシェ様は冒険者になられた。

「まだ小さかったあの子を連れてね、いろんなところへ行った」

「五歳くらいって、そんなに小さいのに……!?」

さすがにそれには俺もビックリした。

「僕の父の方針でね、辺境伯を継ぐ子は小さい頃から魔獣に慣れておくべきだってね。……でも、結局、王家に見つかっちゃったけどね」

「見つかったの？　なぜ？」

「魔力測定、するだろ？」

辺境伯が十歳になられて、故郷に帰ってきて魔力測定をしたら、王家の者にしか遺伝されない《雷》の属性が出てしまった。それで王都の神殿も地元の神殿も大騒ぎになってしまったそうだ。

「しかも《雷》の属性って王家の者なら誰でも出るってもんじゃなくて、神が正統と認めた者にしか出ないんだ。あの子のほかにも王家に何人か子どもはいたけど、あの属性が出たのは王太子殿下、今の国王陛下とあの子だけだった」

その頃の王太子、つまり今の国王陛下はもう二十歳を過ぎた大人だった。

その王太子殿下の勧めもあって、先の王様は辺境伯を王家に迎え入れようとした。

「でも父が許さなくてね……。結局、王の泣き落としに負けて、ヴィルを連れて王都に住むことにはなったけど」

メルシェ様は後宮入りを断固拒否。妥協策として護衛騎士に返り咲いた。

ヴィルヘルム様は辺境伯のタウンハウスに住み、辺境伯の跡継ぎとして教育されることになった。

まぁ、先の王様はしょっちゅうヴィルヘルム様の顔を見に来ていたらしいが。

「今の国王陛下もなぜかあの子を可愛がってくださって。ほかの側妃のお子たちは、早々に他国に嫁がせたり、教会に入れたりしていたんだけど……」

ヴィルヘルム様には王籍に戻れとかなりうるさかったらしい。

でもヴィルヘルム様は断固拒否、で、出奔して冒険者。

先の王様が亡くなる時に仕方なく王都に戻って、ローウェル様との結婚の認可を条件に、改めて王弟としてカーレント辺境伯位を継がれた。……ややこしい。

「まぁ、異母兄である陛下との仲は悪くないらしいから……なんだかんだしょっちゅう呼び出されるって怒っているけどね」

王様から呼び出されて面倒な仕事を押し付けられ、憂さ晴らしに街を歩いていて、俺が絡まれているのを見つけたらしい。超ラッキーだった俺。

王様ありがとう。あれ、違う？

そういえば……

「うちのお祖母様は辺境伯の長男だったんですよね？」

でも辺境伯を継いでいないし、姿形はあまり似ていない。お祖母様の髪は銀髪だし。

すると、メルシェ様は少し申し訳なさそうに仰った。

「兄上はニンフの末裔の子どもなんだ」

ニンフ？　ニンフもいるの？

しかしメルシェ様いわく、もういないそうだ。

「父上は大層愛しておられたが、兄上を産んですぐに亡くなってしまったらしい。兄上もその血を継いだせいか、やはり身体が弱くて、この辺境の厳しい環境に置くには忍びないから……と父上が判断した」

お祖母様が学園に入るまでは、メルシェ様も一緒に王都のタウンハウスで暮らされていた。

「僕の母は森の部族の族長の娘でね。森の部族にとってニンフは神と同じだから、それはそれは大切にしていたよ。……兄上も天使みたいに優しい方だったしね。……君は僕の兄上に似ているかもしれないね」

「お祖母様に？」

「ニンフは自然の声を聞くからね。魔法の属性もそれに近い」

「そっかー。リューディスも天使みたいだもんな、見た目」

「やめろよ。……僕は冒険者になるんだから！」

きれいだの可愛いだのなんて誉め言葉じゃない。

強い、カッコいいって言われなきゃ、男じゃない。

「誰が冒険者になるって？」

俺たちがきゃいきゃいやっていると、ぬうっと背後からただならぬ気配が……

「あぁ。お帰り、ヴィル。君の子どもたちはなかなか頼もしいよ」

メルシェの言葉に、俺たちの背後で辺境伯が小さく笑った。

「こんな甘っちょろいガキに冒険者はできませんよ、メルシェ」

そして俺たちの頭をポンポン叩いて、怖い声で言った。

「冒険者になりたいならまず身体を鍛えろ！　……夕食までまだ時間がある。館の周りを十周！

行ってこい！」

「は、はいっ！」

俺たちは弾かれたようにリビングから飛び出し、広い館の塀沿いを必死で走った。

すごいヘロヘロになったけど、その日の晩餐は最高に美味かった。

冒険者、万才！

翌朝から、ヴィルヘルム・カーレント辺境伯爵による冒険者入門コースが始まった。

キャッホーイ！

とはいえ、俺たちは身体がまだ出来上がっていない子どもなので、あくまでも子ども向けの入門コース。辺境伯、優しい。

まずストレッチをして辺境伯館の敷地を十周。

これ結構キツイのよ。なんせ前世の某ドーム球場より広いんだから。

で、腹筋、背筋三十回ずつ。スクワット三十回、みっちり柔軟体操して剣の稽古。それもまず素振り五十回してから、型のチェックだ。飛んでくる胡桃《くるみ》や小石などを避ける稽古、それから打ち込み。基本重視なのはクロードがうるさいからだって。

ちなみにそのクロード、俺たちが準備運動している間に辺境伯と打ち合っている。

これがかなり激しい。まぁ五本に一本取れるかどうからしいけど、あの辺境伯から一本取れるんだからかなりの腕前らしい。クロード強えぇ。

俺とユージーンは交互に辺境伯とクロードに打ち込みをする……

だけど、全然歯が立ちません、はい。

「もっと踏み込め！」

「脇が甘い！」

檄を飛ばされながら小一時間。汗だくでヘロヘロになるんだけどめっちゃ楽しい。

雨の日はランニング抜きでダッシュに切り替えて稽古。

ローウェル様が魔法で周囲一帯に即席ドームを作ってくださっているから、濡れずに稽古できる。

なんて快適！　途中で水分補給の休憩も入るという至れり尽くせり。

「まぁ、超初心者だし、リューディスくんは大事な預かり人だからな」

加減をわきまえてくださる辺境伯、好き。

たっぷり昼ご飯を食べたらちょっと昼寝をして、メルシェ様と薬草採り。

最初はローウェルの薬草園で薬草の種類の勉強だったが、まぁ広いし、種類も多い。

ここにはたくさん人が働いていて、薬草を摘んだり、干したり、加工もしている。

「領内の人の病気や怪我は、ほとんどここにある薬草で作った薬で治せるんだよ。外にも売りに出してるけどね」とローウェル様。

薬草園で働く人には給金も出るし、領内の人は安く薬が手に入るからすごく喜ばれている。

メルシェ様と薬草採取に行くのは、近くの草原だったり、森だったり。

「薬草採取は冒険者の一番初歩のミッションなんだけど、舐めちゃいけないよ」

森の中にはどんな動物がいるかわからないし、危険な植物もあるから慎重に進まなければならない。実際、蛇とか、デカい蜘蛛とか、出た。

「うぉっ！」

つい声は出ちゃうけど、さほどビビらなかったのは前世の経験の賜物かな。

いるんだよ、自衛隊にマムシ退治とか頼む人。スズメバチの駆除とかね。

田舎だと業者も少ないから、休みの日に小遣い稼ぎに行ったりしたよ。

俺がわりと平気で蛇とかバサバサ駆除してたら、メルシェ様はちょっと引いていた。

「見た目詐欺だ……」

俺を見てそう呟いたユージーン、それは失礼じゃないか？

で、俺たちが薬草を取ってるのを見張りながら、メルシェ様は弓や投げナイフで一角兎《ホーンラビット》や羽根つきネズミなんかを狩っていらっしゃった。

俺たちが退治した蛇も食材になるという。

まぁ、演習のサバイバル訓練じゃ、自力で食料調達しなきゃならなかったから蛇食ったこともあるしな、俺は平気。

ちなみにこっちの蛇の蒲焼きは前世の鰻より美味かった。肉が柔らかくて油が乗っていて、ほんのり甘味もあって絶品。

「やっぱり見た目詐欺だよな……」

何回も言わなくていいから、ユージーン。

そして夕飯ができるまでと夕食後は、ローウェル様の座学と魔法実習。

水を操って的に当てたり、火の玉や土の塊を自在に操れるように練習。

俺とユージーンで組んで、ユージーンの火の玉を俺の起こした風で大きくしたり、遠くまで飛ばしたりもした。

「ふたりは息ぴったりだね。いい相棒《バディ》になれるよ」

ローウェル様に誉めていただいて嬉しかったが、前世のあいつを思い出して俺はちょっと切なくなった。

「どうしたの？　リューディス」

「なんでもないよ、ユージーン」

心配そうに俺の顔を覗き込む青い瞳に頭を振って笑ってみせた。

その夜、俺は久しぶりにあいつを思い出した。

隊で組んでいたひとつ下の相棒。

俺よりガタイがよくて、陽気で、気のいいやつだった。

『僕の相棒《バディ》は隆司さんだけです！』

あいつはいつもそう言ってくれたのに俺は死んで……あっちに置いてきちまった。

救出した女の子を手渡して『早く行け！』と怒鳴る俺を、泣きそうな眼で見つめてた。

でもあの時、俺は脚をやられちまってたし、あの子を託せるのはお前だけだったんだ。

許してくれ。

――祐介……

あいつには、きっとまたいい相棒ができているよな。いいやつだったもんな。

俺はこっちの世界で頑張るから、お前はその国を、俺たちの故郷をしっかり守ってくれ。

遠い空に向かって俺は無言で祈った。

第四章　辺境領の収穫祭

辺境領の秋の祭はとても賑やかだ。

作物の収穫を祝い、神に感謝を捧げる、農村を抱える領地では一番大事な祭だ。

カーレント辺境領は、とにかく盛り上がりがすごかった。

辺境伯一家と各街や村の代表者が、領地の中央にある聖なる丘で収穫物を備えて神に祈りを捧げる。

丘には巨大な石が並んでいて、見た目は前世の外国で有名な環状列石、いわゆるストーンヘンジによく似ている。

世界が違っても人の発想って似るのかもな。

この時の祭司は領内の教会の神官。人のよさそうなおじさんで辺境伯家とも仲良し。

儀式が終わると、みんなして領主である辺境伯よりお祝いを賜る。

それぞれ薬だったり、農機具だったり、子どもがたくさん生まれた村には人数分の産着と縫いぐるみが贈られる。これは俺もちょっと手伝った。

事前に街や村にリサーチしてあるんだって、さすがだな。

その儀式が終わると捧げられた作物を持って領主館に戻り、祝宴が開かれる。

庭先にテーブルや椅子をたくさん置き、辺境軍の兵士たちにもお振舞いがある。

網の上で肉や野菜を焼いたり、鍋で似た野菜たっぷりの汁を配ったりする。

ぶっちゃけバーベキューパーティーか、芋煮会だな。

で、盛り上がっている間にローウェル様と俺たちにはもうひとつ仕事があった。

教会とそれに付随する孤児院への訪問だ。

辺境領内に孤児はあまりいなかったが、時折、魔獣に襲われたり、事故で両親を亡くす子どもがいる。

そういう子たちは、親戚がいなければ孤児院に預けられる。

でも、ここの孤児院の子はみんな元気そうで、俺たちの持っていったお菓子や絵本やおもちゃをとても喜んでいた。

司祭が言うには、領主一家がまめに訪問して励まし、祭の時は野菜や肉をどっさり差し入れてご馳走を食べられるから、とても幸福なんだそうだ。

風邪や病気の時もローウェル様が見舞いに来られて、ポーションや薬で手当てをするから、みんな領主が大好きのようだ。

ちなみに小説なんかでありがちな不正はここでは絶対できない。ローウェル様の魔法ですぐバレるし、バレたら辺境伯の手でひどい目に遭う。

うん、それはできないよね。

物理で二、三発ボコられただけだって死ぬよ、きっと。

そして、ここの子どもたちが将来どうなるかというと……

「基本、親の持っていた農地をそのまま継がせる。希望すれば商家の奉公先を探すし、辺境軍に入る子どももいる」

辺境伯は穏やかな表情でそう仰った。

基本の読み書きは教会でちゃんと教えるように指示しているし、希望すれば上の学校にも行ける。

待遇よすぎない？　金もかかるのに。

「その心配はない」

ニヤリと笑われる辺境伯。

冬場の農作業のできない時期には、なんと辺境伯自らパーティを率いて魔物討伐に出向き、稼がれるのだ。

「なんせ俺はS級冒険者だからな」

ってすごいけど、自分がやりたいだけでしょ、実は。

……と思ったら、代々の伝統らしい。強すぎるわ、辺境伯。

ユージーン、お前大変だな。

だからカーレント辺境領は辺境ではあるが、領民はとても豊かであるそうだ。

「この土地は、魔獣や隣国からの脅威を常に背負っているからね。ささやかなお詫びみたいなもんだよ」

領民が豊かで安心して暮らせるなら領主の暮らしは質素でいいんだよ、とメルシェ様も微笑まれている。

お見それいたしました。

「今はローウェルくんが農地の見廻りもしてくれるから、とても助かってるよ」

なるほど、だから豊作なんですね。ますますすごいわ、辺境領。

父上、見習え！　マジ見習え！

そうして孤児院を巡って帰ってきた俺たちを、ニコルが大きく手を振って招いた。

「リューディス様、お客様ですよ！」

目を向けると、俺の大好きなブルーグレーの瞳が微笑んでいた。

「兄様！」

俺は思いきり全力で走って、伸ばされた二本の腕に飛び込んだ。

「リューディス！　元気そうでよかった！　……少し日に焼けたかな？」

兄上は俺を抱きしめて、何度も何度も頬にキスした。

「兄様、会いたかった。……でもどうして？」

馬車だと辺境領に着くには一月《ひとつき》以上かかる。大神殿の転移門から出ても到着した辺境領の教会からさらに一日かかる距離だ。

「どうしてもリューディスに会いたくて……お願いして一緒に連れてきてもらったんだ」

ふと隣を見ると、アミル先生がニッカリ笑って片手を上げた。

「久しぶりじゃのう、リューディス。カルロスくんから、辺境領に家出したと聞いてな。……いや、なかなかやるもんだな」

フォッフォッフォッと笑い声を立てて、先生はメルシェ様にちょっとウィンクした。

――え？　何？

目をぱちくりする俺の頭をポンポンと叩いて、アミル先生が囁いた。

「わしは、メルシェとは旧知でな」

え？

「僕が冒険者をしていた時、組んでいたのがアミルだったんだ」

メルシェ様は俺と兄上とアミル先生をテラスに誘いながら微笑まれた。

えーーーーーっ？

「魔術のことしか頭にない変わったオッサンだったけど、ヴィルを連れていても全く苦にもしなかったから楽だったよ」

ほえぇ……でもオッサンだったんだ、すでに。

「まぁ子連れの冒険者なんて珍しいし。……自分が産んだと聞いて二度驚いたがな」

辺境伯の魔力測定にも立ち合ってしばらく領主館にも滞在していたから、転移できたらしい。なるほどね。

「ローウェルくんも教え子だしな。久しぶりに顔を見たくなってな」

メルシェ様の淹れたお茶を美味しそうに味わいながら、先生はニンマリ笑った。

「カーレント辺境領と聞いておったから心配いらんと言ったんだが、カルロスくんはどうにも心配らしくてな、連れてきた」

「兄様……」

「リューディス欠乏症で死にそうだったよ」

「大袈裟ですよ、兄様」

ぎゅっと抱き寄せられ、頭の匂いをくんかくんか嗅がれる。

俺も久しぶりの兄上の匂いを胸いっぱいに吸い込んだ。

「あ、でも兄様、学園は？」

ふと気がついて顔を上げた俺に、兄上がニヤリと笑った。

「重篤な風邪のため、三日間休養を取った」

サボリだ！

兄上が不良になった！

「可愛いリューディスに会うためなら、ちょっとばかりの嘘は許されるだろう？」

そのウィンクは反則です、兄上。でも嬉しいです、兄上。

俺は思いきり兄上の襟元にスリスリしてしまった。

「ブラコン……」

放っとけ！　ユージーン。

とりあえず挨拶を済ませた俺は、兄上を祭の輪の中に引っ張り込んだ。

兄上は豪快なカーレント辺境伯家のパーティーに微妙に引いていたが、侍従たちが小さめに切ってくれたお肉や野菜をすぐに美味しそうに頬張っていた。

「以前にリューディスと一緒に街の市で食べた串肉を思い出すね」

そうだった。俺は兄上に連れられて街に買い物に出ると、決まって市場の屋台飯をおねだりした。市場は人が多くて危ないからクロードたちに怒られたが、決して兄上の手を離さない約束で、カルメ焼きみたいなお菓子や串肉を買ってもらって半分ずつ食べた。

まぁ、その間にクロードや兄上の護衛騎士が怪しげなやつらを何人か片付けて、役人に突きだしたみたいだけど。

兄上は自分と俺に認識阻害の魔法をかけていたから、家の人以外はアマーティア家の子息とはわからなかった。兄上は子どもの頃から天才だった。

俺はご馳走を食べながら、辺境伯爵やメルシェ様から伺った領内の話をした。すごくみんなのことを考えている、いい領主だと力説した。

兄上はニコニコ笑いながら、知っているよ、と言った。

「領主自ら魔獣狩りに燃えているのは知らなかったけど、鉱山に人が集まる珍しい領地だからね」

「鉱山？」

「うん、あの山はね、宝の山なんだって」

兄上がわずかに雪を被り始めた青い山塊を指した。

「いろんな鉱物が取れて、王都にも献上する。国の所有になっているところもあるけれど、管理は辺境伯家だ。大概の鉱山では重労働に耐えかねて脱走する鉱夫も多くいるんだけど、カーレント領は辺境なのに脱走者がいないどころか、よその鉱山からわざわざ移ってくるんだ」

「そりゃあ、きちんとした扱いをしているからだ」

背後で辺境伯がワインのカップを片手に仰った。魔獣の角をくり抜いたそれは、前世のヴァイキングの杯のようだった。まぁ風貌的にも近いかもしれない、海はないけど。

「食い物と寝床はまともなもんを支給している。事故を減らすために安全管理も徹底させている」

懐から取り出した水晶玉に映して見せてくれた鉱山の入り口には、こっちの世界の言葉で『安全第一』と掲げている。

真面目だな、てかそんな概念あったたか？　ヘルメットを被った魔猫が指差し確認している図が目に浮かんだわ。まさかいないだろうけど。

「事故が起きれば管理者に責任を取らせる。監視に魔鳥を飛ばしているからズルはできない」

それでも事故は起きる。

その時は辺境伯とローウェル様が現場に急行し、救出の指示と怪我人の治療に当たられる。すごいよね。一介の鉱夫を領主自ら助けにいくんだぜ？

そりゃあ、人も集まるわ。

これだけ豊かなのに、領主館は実に飾り気がなくてシンプルだった。自分たちで農作業もするし。

「俺はこの国の民を守れりゃいい。民が国を支えるんだ。『専守防衛』、これが一番だ」

懐かしい響きに俺は胸が熱くなった。前世の日本もそうだった。他国には攻め込まない。けれども攻められたら容赦なく叩き出す。そのための努力は誰も惜しまない。

「専守防衛……ですか。いい響きだ」

兄上はかすかに目を細めて言った。

「でもそれでは国は発展しない」

辺境伯は兄上の言葉にカラカラと笑いながら答えられた。

「それは国王《あにき》が考えることだ。国の舵取りは国王《あにき》と重臣たちが考えればいい。俺はこの地で敵に備えるだけだ」

「もし王が他国に戦を仕掛けると言ったら？」

「止めるね。……リスクが大きすぎる。国王《あにき》もそれが読めないほど馬鹿じゃねぇよ。……初めてのお使いの答えはこんなもんでいいか？」

辺境伯の答えに目を丸くした俺の傍らで兄上はふうっ……と息をついた。

「やっぱり貴方は恐ろしい人だ」

「初めてのお使いって……？」

尋ねた俺の頭を、辺境伯がぐしぐしと撫でながら仰った。

「まぁ、コイツのサボりなんか学園や王家じゃお見通しってことさ。黙って行かせてやるから辺境領の様子を見てこい……ってことだろう？」

「はい……」

「誰の命令だ？」

項垂れる兄上に辺境伯が『威圧』を増して問う。

「王太子殿下です……」

「やるな、あのガキ」

兄上の答えに今度は辺境伯が小さく唸られた。

でも王太子相手にガキはダメでしょ。いくら叔父上でも不敬ですよっ！

そして何を思ったか、ふと周りを見た。

「ユージーン！」

辺境伯はちょっと離れていたユージーンを改めて兄上の前に引き出された。

「次期アマーティア公爵、こいつは俺の倅のユージニアだ。まだガキだが、次代のカーレント辺境領主だ。そっちの弟君同様、よろしく頼む」

「弟同様って……」

戸惑う兄上に辺境伯がニカッと笑って仰った。

「こいつらはいい相棒《バディ》になる。使えるぜ？」

「私はリューディスを道具扱いする気はありませんが⁉」

兄上の反発に辺境伯がちょっと息を詰まらせた。

が、すぐに平常に戻った。兄上のブリザードモードにたじろがない辺境伯、さすがですね。

「ほら、ユージーン、挨拶しろ」

辺境伯にグリグリ頭を抑えられたユージーンはちょっと斜めに父親を睨みながら、兄上に貴族の礼をした。

「ユージニア・カーレントです。よろしくお願いいたします」

「カルロス・アマーティア。リューディスの兄だ。よろしく頼む」

あのさぁ……ふたりとも言葉は丁寧なのに、兄上はまた温度下げてるし、ユージーンは熱量上げてるし、何なんだ？

右と左の温度差、激しすぎるんだけど。

「まぁ、ゆっくりしていけ」

辺境伯はニヤリと笑って人混みの中に消えていった。


「疲れた……」

辺境伯の背中が見えなくなると、兄上はぐったりと俺の背にもたれかかって呟いた。

「あいつの『威圧』。やっぱりキツいな……」

兄上、辺境伯に『あいつ』はないでしょ。

てか、なんでビミョーに張り合ってんの？

「兄様、サロンで休みましょう。何か甘いもの、もらってきますね」

俺はサロンのソファーに兄上を座らせて、とびきりの蜂蜜がかかったシフォンケーキをメルシェ様のところに貰いにいった。

兄上と辺境伯の謎のバトルはこの後も数回勃発したが、なぜかユージーンが止めた。

「父上、あいつの相手は俺なの！」

って、ある時ひそひそ抗議しているのが聞こえた。

意味わからん。

兄上はアミル先生の弟子ということもあって、ローウェル様やメルシェ様と魔法談義をしたり、街の人たちの話を聞いたり、結構打ち解けていた。

学園では氷の貴公子なんて呼ばれているらしいが、冷たそうに見えて実は人当たりいいし、話上手だよな。ブリザードさえ吹かさせなきゃ、本当に優しくていい人。

王太子の側近候補でもあるからだろうが、どんだけ兄上をキレさせてるんだか、俺は学園が少し怖くなった。

たらふくご馳走を食べてお腹いっぱいになった俺とユージーンは、辺境軍の兵たちに遊んでもらった。ぶっちゃけ軽い手合わせなんだけど、腹ごなしに調度いいって、入れ替わり立ち替わり気持ちよく相手をしてくれた。

もちろんクロードとニコル、ユージーンの従者の監視つき。

ユージーンの従者はかなり厳つくて、ちょっとイメージ違ったんだけど、主な仕事は『脱走防止の監視役』。ユージーンは勉強が嫌いですぐ逃げ出すから……と。

俺が来てからは館の中で大人しく俺と遊んでいるから助かるって感謝までされてしまった。

ユージーン、お前、どんだけよ。人のことは言えないけど……

そのうち兄上もやってきてクロードと並び、俺たちの手合わせをじっと見ていた。

「お強くなられたでしょう」

「そうだな……」

「王子妃などにはもったいないと思いませんか？」

「私もそんなつもりは毛頭ない。やつには手を引かせる」

背後の兄上とクロードのひそひそ話を聞いて俺は嬉しくなった。

けど、なんでみんなそんなに口悪いんだ？

王族に聞かれたら、みんな首飛ぶよ？

大人の本音と建前の使い分けってそういうことなのか？

「これくらいにしときましょうよ、坊っちゃんたち」

「そうすよ。俺もそろそろ酒飲みてぇ！」

「うん、ありがとう」

「ありがとうございます」

ひとしきり撃ち合って、兵士たちにお礼を言って解放した。

「仕方ないなぁ～大人は」

「そう言いなさんな、坊っちゃん」

兵士に頭をグリグリされながら軽口を叩いているユージーンを見ると、本当に仲良いんだなと思う。ちょっと羨ましい。

でも、いいんだ。

「兄様！」

剣を置いてタタタッと走り寄ると、兄上がぎゅうっと抱きしめてくれた。

「強くなったな。リューディス」

「でしょ？」

兄上に誉められて、ふんす！　と胸を張る。

と、クロードがちょっと渋い顔。

「あそこの剣捌きは、もう半歩踏み込んで……」

どんだけ真面目なのよ、お前。本当にカタブツ。だから嫁が……ゲフンゲフン。

「日も傾いてきたし、そろそろ中に入ろうか」

メルシェ様の声掛けで辺境伯一家と俺たちはサロンに移動。もちろんアミル先生も一緒だ。

みんなで良い香りのお茶と果物のコンポートをいただく。

なんかこの果物、前世の柿に似ているような……

「この果物は酔いざましにいいんだよ。ヴィルはよく飲みすぎるから……。みんな付き合ってあげてね。お茶は消化にいいからちゃんと飲んでね」

ローウェル様の言葉にちょっとバツが悪そうな辺境伯。何気に顔が赤いですもんね。どんだけ飲んだかは聞かないでおきます。樽で答えられそうで怖いから。

果物は本当に柿そっくりの味で、これで蜆《しじみ》の味噌汁なんて出たら、二日酔い対策するまんま日本の日常風景。いや、二日酔いな訳じゃないけどね、俺は。出なかったけど……

その日の夕食はごく軽く、野菜と肉で出汁を取ったスープパスタと魚貝のココット。根菜のさっぱりサラダ。海はないが、大きい川が流れてるから魚や貝も取れる。

飲んべえには至れり尽くせりのメニューだが、なんと辺境伯のリクエストだった。

ちょっと驚き。


波乱はこの後、何気ない会話から始まった。

ユージーンが俺と一緒に冒険者をしたい……と言った途端に、兄上の周囲が絶対零度に凍りついた。

「冒険者だと……⁉」

あ、兄上、スプーン曲げないで、よそのなんだから。

「リューディス！」

「はいっ！」

吹き荒れるブリザード。前が見えない……訳ではないけど、寒い。凍える。

「お前、冒険者なんかになるつもりか？」

「なんかってのはないだろ。なんかってのは……」

ムッとする辺境伯。

そう、ここの大人はみんな元冒険者。なかば現役。

「いや、冒険者を否定する訳ではありませんが……」

マズいと思ったのか、兄上はちょっと言葉を変える。

「とにかく、リューディス。お前は冒険者はダメだ」

「どうして？」

「危険すぎる！」

風圧がますます高まる。でもなんでこんなに怒るんだ？　夢語ってるだけじゃん。

「じゃあ、お前はリューディスを安全な後宮にでも閉じ込めるつもりか？」

辺境伯、やめて。火に油……この場合はブリザードにドライアイス？

……とにかく煽らないで。

「そんなことは言っておりません」

キッと辺境伯を睨みつける兄上。

怖いもの知らず、というより目がイッてる、怖い。

「あの話はなんとしても反故にさせます。……そしたら、リューディス、お前は文官でも騎士でも好きな道を選べばいい。だが、冒険者はダメだ！」

「なんで冒険者だけはダメなんだい？　カルロスくん」

メルシェ様が唸り出しそうな辺境伯を抑えて、穏やかな声音で兄上に問う。でも貫禄はすごい。さすが年長者。

「冒険者は……常に命を、身を危険に晒します。いつ命を失うかわからない。……リューディスに弟にそんな危険な仕事はさせられない。弟を先に失うのは耐えられない。もぅ……」

最後のほうは涙声になってしまってよく聞こえなかった。

そう、兄上は泣き出してしまったのだ。ボロボロ涙を溢して、しゃくり上げながら力説する兄上に、周囲は言葉を失った。

俺はなぜかひどく胸が詰まった。ポケットからハンカチを出して、兄上の涙を拭きながら言う。

「大丈夫です、兄様。僕、危ないことはしません。……なれたらいいなって、夢ですから」

「リューディス……」

不服そうに口を尖らせるユージーンに目配せして、俺はとにかく兄上の気を落ち着かせるように、言葉を続けた。

だってこのままじゃ、ダイニングが北極だよ？　ペンギン来るかもよ？

「僕は決して兄様を置いて、先に死んだりしませんから。大丈夫ですから……もう泣かないで」

俺の必死の説得に、兄上はようやく、うん、うん、と頷いて涙を止めた。

想定外の事態に固まっていた辺境伯家の人々が内心、ホッと息をつくのがわかった。

俺はサクッと話を変えることにした。

「兄様、冬の長期休みもいらっしゃるでしょ？」

「それなんだが……」

おっと、俺、なんかヤバいこと言ったか？

「アマーティア領のお祖父様、お祖母様もお前に会いたがっている。……自分たちのところでなく、カーレント様のところにお前が家出したのが、少しショックらしくて……」

メルシェ様がちょっぴり『しまった！』という顔をされた。

「ならば、冬の休みにはこちらからアマーティア領をお訪ねしよう。……兄上にも久しぶりにお会いしたいし……」

そうですよね、メルシェ様は兄思いの弟ですもんね。ありがとうございます。

兄上もホッとしたらしく、また和やかな時間が戻った。

――でも兄上を泣かせてしまうなんて……

俺は自分の軽率さを深く反省した。

その夜、俺と兄上は俺の部屋で一緒に寝ることにした。

辺境伯はゲストルームを用意すると言ったが、祭の後片付けでみんな忙しいし、断って一緒の部屋にしてもらった。

俺に与えられた部屋は不必要にだだっ広く、ベッドなんか五人は寝られるくらい大きい。

ユージーンは変な顔をしていたけど、俺は小さい頃、よく兄上に添い寝してもらっていた。

前世だって官舎じゃ狭い部屋に二段ベッドだ。演習の時は当然寝袋で並んで寝ていたし、休みの日に同僚の部屋で飲んで床の上に雑魚寝なんて普通だ。男同士なんだぜ？

もし、兄上が嫌なら寝袋借りてきて俺が床に寝てもいいし、そんなことしなくてもソファーがデカイから十分ゆったり寝れる。

まあ、兄上にそう伝えると、『リューディスと一緒のベッドがいい』と言ったから、問題なしだけどな。

ありがたいことに、この世界には風呂があって、魔石で湯を沸かしたりシャワーを浴びたりもできる。

秋もなかばになると、夜はだいぶ気温が下がるから温かい風呂は何よりの贅沢だ。

ちなみに水は近くの川から引いているから、魔石は蛇口みたいなもんかな？

浴室も広々しているので俺と兄上は一緒に風呂に入った。

たぶん生まれて初めてだ。

兄上の前で裸になるのはちょっと恥ずかしかったが、これも男同士だもんな。

兄上もちょっと恥ずかしそうだった。

初めて見る兄上の裸はとても綺麗だ。

痩せぎすだと思っていたが、薄くてもちゃんと筋肉もついている。バランスよく整った体型で俺はちょっと安心した。無理してガリガリじゃないかと心配していたからな。

肌もキメが細かくてしっとりしてて白くて綺麗だ。

「なに？」

俺がじっと見てると、兄上が顔を赤くして俺をちょっと睨んだ。

「いや、兄様の身体、綺麗だなぁ……と思って。健康そうで安心した」

「そうか？」

兄上は照れたように笑うと、俺の胸を突っついた。

「リューディスだって綺麗だよ。鍛えてるんだな、逞しくなってリュカオンの彫像みたいだ。肌も張りがあってスベスベで、毎日が充実してる証拠だな」

「てへへ……」

兄上にペタペタと腕やら腹やら触られたが、嫌じゃなかった。

リュカオンは風の神様でこの世界で一等の美少年と言われている。そこまで誉められたら悪い気はしないよな。

でも、もっと鍛えてガチムチになりたいと言ったら、それはやめろと言われた。

「なんで？」

「リューディスは可愛いんだから、ガチムチは似合わないよ」

うー。我が家の家系的にも無理だろうって……残念。

「アマーティア家はみんな文官だからね。リューディスも騎士になるには辛いかな」

「でも鍛えれば、なんとかなるかも？」

「そうだね」

お湯に浸かりながら他愛のない話をして、お互いに髪を洗って背中の流しっこをした。

兄上の背中は本当に綺麗だったが、一本だけ赤い筋が入っている。

それは俺が小さい頃、馬車に轢《ひ》かれそうになったのを庇ってできた傷の跡だ。

当時まだ王都にいたお祖母様がすぐに癒しの魔法をかけたので大事には至らず、大きな傷にはならなかったものの、少しだけ跡が残った。

「リューディスは本当に逞しくなったなぁ……」

兄上が俺の背中を流しながらしみじみと言った。

前世でも、俺が子どもの頃はよく兄貴と一緒に風呂に入って背中の流しっこをした。

水の掛け合いなんかして、はしゃぎすぎてよく母親に怒られたっけ。

「のぼせる前に出よう」

「うん」

身体を拭いてパジャマに着替え、ベッドに並んで座って話をした。

「でも兄様、なんで突然来たの？」

「言ったろう。リューディスに会いたかったからさ」

学園祭があって、兄上は魔術大会で上位の成績を取った。

それをすぐに報告したかった……とメダルを見せてくれた。

でもそれだけじゃないよな。

鞄から覗くマントの端がちょっと破れている。ハンカチの端に血がついていた。

「兄様……」

俺は兄上をぎゅっと抱きしめた。

「大丈夫だよ」

兄上は小さく笑って、俺の頭を撫でた。

「リューディスに会ったから、元気が出た」

そして俺の耳元で囁いた。

「また、転移魔法で会いにくるから……」

あ、と俺は小さく叫んだ。

兄上は転移魔法が使える。一度行ったことのある場所なら転移ができる。

こくん……と頷いた辺りで、コホン、と扉の辺りで咳払いが聞こえた。

「ズルはダメだよ、カルロスくん」

ローウェル様がちょっぴり眉をしかめて立たれていた。

「ここには結界が張ってある。今回はアミル先生から知らせがあったから開けておいたけど、普通は弾かれるからね」

ローウェル様は蜂蜜入りのホットミルクを俺たちに手渡して仰った。

「それに転移を頻繁に行うのは君の身体にもよくない。転移が魔力エネルギーを激しく消耗するのを知っているだろう？　王都からここは遠いんだ。学園の寮から屋敷に転移するのとは訳が違う」

チッ……と兄上が小さく舌打ちした。

ローウェル様はやれやれ……といった顔で話を続けられた。

「兄弟の仲が良いのはいいけれど、依存しすぎはいただけないね。お互いにちゃんと自立しないと。離れていたって兄弟は兄弟なんだから……僕とクロードみたいにね」

「「えっ？」」

俺と兄上は思わずカップを落としそうになった。

「ローウェル様とクロードが兄弟……？」

全然、似ていないんだけど。

「そう。クロードは腹違いの弟なんだ。……だいぶ年は離れているけど。父が不必要に艶福家でね。だからクロードともあんまり会いはしなかったんだけど……僕は余計者だったし」

ゴホン、ゲフンと部屋の扉の向こうから、気ロードのわざとらしい咳払いが聞こえてきた。

チラリとそちらを見てローウェル様は小声で囁く。

「幼い頃、たまに会うとね、『兄ちゃまは俺が守る！』って可愛くて頼もしかったんだよ」

「あー……」

クロードと辺境伯の間の微妙な空気は、お兄ちゃんを取られちゃった弟のアレだったんだな、理解しました。なるほど、なるほど。

「でも、カルロスくん、君は幸せだよ」

ローウェル様は鞄から覗いていたハンカチを手に取られた。

「この刺繍はリューディスくんだろう？」

確かにそれは兄上が高等部に上った時、俺がプレゼントしたものの一枚だった。

「このハンカチには加護の魔法がかかっている。……だいぶ薄れているけど、これはリューディスくんがかけた魔法だね。刺繍を通して魔力を入れてある」

「え？　本当に？」

俺と兄上は思わず顔を見合せた。

「リューディスくんは加護の魔法が使えるらしい。アミル先生もおっしゃってた」

ローウェル様は、刺繍に指を触れて何やら呟かれた。

「魔力は強化しておいた。けど、リューディスくんの刺繍した新しいハンカチのほうがいいだろ？　……僕がより強い加護の術式を教えるから、帰りに持って帰るといい」

「ありがとうございます！」

でもローウェル様、なんで俺が夜こっそり刺繍していたのご存じなの？

「ありがとう、ありがとうな、リューディス」

俺は何度も頭を撫でられ、抱きしめられながら兄上と一緒に眠った。

そして、兄上の寝相がなかなかなものだと知った。

まぁ抱き枕にされただけだったが……


翌日、俺は朝の鍛練の後、みんなと昼ご飯を食べて、午後からローウェル様に指導を受けつつ、兄上のハンカチの刺繍に勤しんだ。

その間、兄上とユージーンはチェスをしていたが、ほとんど兄上の一方的な勝ちでユージーンはものすごく悔しがっていた。

メルシェ様はアミル先生と昔話に花を咲かせ、辺境伯の子どもの頃の話で盛り上がられていた。

辺境伯はかなり腕白なお子様だったようで、まだ剣を使えない五歳の頃でも雷をガンガン落としたり、火の玉を飛ばしたりして魔獣を倒しまくっていた。

どれだけ規格外なんですか、ヴィルヘルム様。

でもアミル先生によれば、やっぱり魔力の制御にはかなり苦しみ、剣を使うようになって魔力を自由に放出できるようになるまで大変だったそうだ。

その頃のパーティには僧侶の人もいたからかなり助かったらしい。

ちなみにその僧侶は、王都の大神殿で魔力の測定をしてくれた大神官。

なんとアミル先生の双子の兄弟。似ているはずだよな。

「ワシのほうが髪が残っとる、ワシの勝ちじゃ！」

そう言って胸を張るアミル先生、なんか可愛い。

アミル先生は若い頃は黒髪で、やっぱり家族に差別されたらしい。魔術学校を飛び出したら、大神官の兄弟まで教会を飛び出して付いてきたんだって。

「あやつも堅苦しいのが大嫌いでな」

聖魔法が使えたから、三歳くらいから神殿に預けられた。

「だいたい魔法の属性がわかるのは三歳くらいからなんだけど、きちんと自我が育たないと振り回されてしまう。だから十歳まで魔力の測定はしないんだよね」

メルシェ様はそう仰っていたが、本当は魔力が多すぎて魔力暴走で幼いうちに亡くなってしまったり、魔力不足で育たない子どももいるので、国としては十歳が測定の妥当ラインと決めたらしい。

七歳までは神のうち、っていうのと一緒なのかな？

だから辺境伯のような規格外の子どもが本当に無事に育つか、メルシェ様もアミル先生もすごく心配だったようだ。

まぁ、辺境伯はメタクソ身体が丈夫な子どもで、冒険に出て心身をみっちり鍛えた甲斐があって無事に育ったらしいけど、ちょっと育ちすぎじゃない？

兄上いわく、俺も兄上もしょっちゅう熱を出していたが、俺は三歳以前の記憶がないんだ、ごめんね。……大概あんまりないとは思うけど。

無事にハンカチの刺繍も完成して、すでにできていたハンカチにもローウェル様が魔力強化してくださった。これでちょっと安心。

俺がひと仕事終えてまったり三時のお茶をいただいていると、ローウェル様がアミル先生と何やら相談されていた。

そして……

「カルロスくん、リューディスくん、スキルの鑑定をしてみようか」

ふたりが声を揃えてそう言った。

「スキルの鑑定は冒険者登録する時にギルドでするのが普通なんだけど、魔術師団や騎士団に入る時にも適性を見るのに使うんだ。……ふたりは特殊スキルが多そうだから、自分で最初から知っておいたほうがいいかもしれない」

もちろん、両親にも学園にも内緒にするよ、と約束してくれたのでお願いした。

鑑定はひとりずつ、アミル先生がしてくれた。立ち会いはローウェル様のみ。

極めてセンシティブな個人情報だからね。

魔術師は守秘義務を必ず守る誓約をしているから大丈夫だったけど、ほかの人はダメ。ギルドマスターは別だが。

先に兄上の鑑定があって、次に俺。

防音と干渉遮断の施された部屋から出てきた兄上は神妙な顔をしていたが、どこか吹っ切れた感じもあった。

「じゃあ、リューディスくん、入っておいで」

手招きされて、部屋に入ると、魔法陣の中に立つように言われた。

「怖がらなくていいからね。この石板に手を置いて」

言われたとおり、譜面台のような台の上の石板に手を置くと、空間に文字が浮かび上がった。

名前：リューディス・アマーティア
年齢：十歳
居住地：――
ランク：――
生命力：A
魔　力：A
筋　力：B
耐久力：S
俊敏性：S

知　力：Ｂ
魔法属性：土（Lv.12）風（Lv.12）水（Lv.10）無（Lv.70）
適　性：防衛者《ディフェンダー》
スキル：家事全般、木工技術、特殊工作、防護魔法（Lv.50）、空間魔法（Lv.20）、情報解析、剣術（初級）、弓術（中級）、体術（中級）、後方支援、救助救援
特　性：ハートヒーラー、国の守人、ＪＧＳＤＦ

「やっぱり変わってるねぇ……」

空間に浮かんだ文字をしげしげと眺めながらローウェル様が呟かれた。

「防衛者《ディフェンダー》って何ですか？」

尋ねる俺にアミル先生がう～んと唸った。

「冒険者パーティなら後衛ってことなんじゃが、普通、剣士とか射手などと出るんじゃ」

「もっと広い意味での防衛者《ディフェンダー》なんでしょうかね。このスキルを見る限り、そんな気がしますね。『国の守人』ですし……」

「職種は何を選んでもいいということか……」

「やはり騎士か国軍かのぅ……。前線ではなく支援部隊になろうが」

俺はスキルの欄を眺めて、ちょっと首を捻った。

「防護魔法とか空間魔法とか、ざっくりしすぎていてわからないんですが……」

「あぁ、魔法属性としては無属性魔法でね、何が使えるかはこれから勉強して試していかないとわからないんだ。多岐に渡るからね」

ローウェル様いわく、俺の使える空間魔法と兄上の空間魔法が同じとは限らないらしい。

「君のあの箱も空間魔法の応用なんじゃが、君のスキルがあって初めてできるんじゃ。ほかの者にはおそらく無理じゃな」

「先生でも？」

「わしゃ工作は苦手じゃ。不器用でな」

先生がカカカと笑った。

「まぁ王子妃に向くかといえば向かない訳ではないが、リューディスくんは、ちょっと素直すぎるからな」

「それにもったいないですよね、このスキル……。後宮じゃ活かせない」

ローウェル様の言葉に俺はウンウンと大きく頷いた。

「わからないのはこの文字なんですよね……我が国の文字じゃない。リューディスくん、わかる？」

ローウェル様が指差した先を見て、俺はドキリとした。

俺の目に見える文字はこの世界の文字で、頭の中でそれが日本語に変換されているが、アルファベットだけはそのまま記されていた。もちろん、俺は知っている。

——JAPAN《ジャパン》　GROUND《グランド》　SELF《セルフ》　DEFENCE《ディフェンス》　FORCE《フォース》.

まんま日本国陸上自衛隊だ。

それはさておき、俺は大きく首を横に振った。

「僕にもわかりません」

俺が転生者だとここで明かすのも何かまずいような気がした。

アミル先生もローウェル様もいい人だけど、絶対的に信じていいとも思えなかった。

第一、よその世界から転生してきたなんて子どもの妄想としか思われない。

俺は厨二病じゃないんだ。

「他国の文字かもしれないね。調べておくよ」

「お願いします」

ローウェル様は怪訝そうな顔をしていたけど、あっさりとそう言った。

「じゃあ、手を離して……」

石板から手を離すと画面がシュン……と消え、小さな宝石のようなものがコロンと落ちた。

「一応、これが君の鑑定データだ。魔力を投影すれば見ることはできるけど、しばらくは隠しておいたほうがいい」

俺は虹色に光るそれを握りしめて頷いた。

ユージーンが十歳の魔力測定の後、ギルドに冒険者登録をする時に俺も一緒にすることになっていたが、結果、登録は先伸ばしになった。

「特殊スキルが多すぎるからね。王家にバレないほうがいいだろう？」

しょぼん……

三日目の夕方、兄上はきっちりご飯を食べ、俺の刺繍したハンカチ五枚をポケットに、お土産にいただいた果物やお菓子をマジックバッグに詰め込んで帰っていった。

『正面から来るならいつでも大歓迎だよ。一報は入れてね』

ローウェル様にそう言われてちょっとバツの悪そうな顔をしていたが、魔法の本も何冊か借りたみたいで、結構ちゃっかりさんだ。

ユージーンはチェスのリベンジをしたいみたいで、「冬の休みには絶対来いよ！」って固い握手を交わしていた。

みんなと馴染んでいて、俺はかなりホッとした。

兄上たちが帰った後、俺はローウェル様とメルシェ様に少しだけ話を聞いた。

ローウェル様いわく、兄上は《水》の属性が強いので情緒不安定になりやすいが、もう大丈夫だろうということだった。

「カルロスくんは属性をたくさん持っているから、バランスよく使うように勧めたよ」

ローウェル様はふたりを見送ったあと、まだ心配の抜けきらない俺に言ってくださった。

「お父上の仕事を継ぐか悩んでいたみたいだけど、《光》の属性もあるしね。国の中枢に立てる人だよ。政治に適したスキルも持ってるしね」

ざっくり言うと、『清濁合わせ呑む』ってやつらしい。

「まあ見た限りではお互いに補完し合えるいい相性だよね、魔力属性も。ただね……」

ちょっとだけ表情を曇らせて、ローウェル様が俺の耳許で小声で仰った。

「ほんの少しだけ《闇》属性もあるんだ、カルロスくん。ほんの少しだけど」

《闇》属性？

でもそれって悪いことじゃないよな？

「普通の魔力測定で出ないくらいわずかだから、心配はいらないよ。……ある意味、政治家には必要な要素とも言えるんだ」

父上にもあるかもしれない、俺がそう言うと、たぶんあるってローウェル様は仰った。

「『清濁併せ呑む』ってそういうことだからね」

国家を治めるには綺麗事だけでは済まない。

光の陰には必ず闇がある。暗部を使ったり、策を巡らせたり、必要なのは俺にもわかる。

けど、とりあえず俺には無理。

「リューディスくんには向かないだろうね。見ていてわかるよ」

メルシェ様にも言われてしまった。

俺ってそんなに単純なのか、まあ単細胞だと自分でも思うけどさ。

「そうじゃなくて、優しすぎるんだよ」

嬉しいフォローをありがとうございます、ローウェル様。

「人は情緒不安定になると、ネガティブな感情に呑み込まれやすくなる。……リューディスくんはそれを癒して救っているんだよ」

ちなみに俺は《闇》属性は皆無だそうだ。

はい、脳天気ですから、俺。

「でも、あまり依存させすぎるとね、彼が自立できなくなって、下手をしたらヤンデレとかモンペになっちゃうからね。気をつけないと……」

ヤンデレは前世の妹が『萌える～』とか言ってたから何となくわかるんだけど。

モンペ？　田舎に行った時に近所の婆ちゃんが畑仕事の時に履いてたやつ？　裾にゴムの入ったダブっとした厚手のズボン？

まさか、な。……んな訳ない。

ここは素直に訊こう。

「モンペってなんですか？」

「モンスターペアレンツ。つまり過保護になったり、周囲に攻撃的になったりする親のことだよ。……まぁどっちも病んでるよね」

俺はメルシェ様の答えにちょっと身震いした。

兄上のブリザード、今は吹いていていないはずだよね……

「俺は兄様に病んでほしくない……」

「だから距離の取りかたが大事なんだよ。甘やかしすぎても、突き放しすぎてもダメ」

「難しいです……」

メルシェ様の答えに俺は頭を抱えた。

だって兄上は独りぼっちだ。

俺には俺を助けてくれる辺境伯やローウェル様が側にいて、一緒に笑い合えるユージーンという友達もいる。

兄上にはあの両親と王太子の寵を競う名ばかりのご学友がいるだけだ。

「大丈夫だ」

俯いた俺の頭を、いつの間にか乱入していた辺境伯がグリグリ撫でて言った。

「あいつはそんなにヤワじゃない。なんて言ったって、俺の『威圧』を跳ね除けるんだからな。宰相ってのは、そのくらいの肝がなけりゃ勤まらない。……あいつは今はちょっとお前に甘えているだけだ」

「……甘えて……いる？」

「そうだ。学園を出たらとんでもない荒波に揉まれるんだ。今だけでも誰かに甘えていたいんだ」

辺境伯はニンマリ笑った。

——そうか……

俺は兄上が学園を卒業するまで、うんと甘えてうんと甘やかそう。

嫌でもいつかは離れるんだ。

——兄貴もきっと……

優しくて穏やかだった前世の兄貴も、きっと寂しかったんだ。

親父やお袋が留守がちの家で、俺を構うことで寂しさを紛らわしていたのかもしれない。

大人になっても俺や妹を甘やかして、俺たちに受け入れられることが、兄貴の救いで癒しだったのかもしれない。

――兄貴、ごめんな……

俺は胸の奥でそっと詫びた。

第五章　辺境の新年は感動でした

兄上が帰ってから冬が来るまではあっという間だった。

十一月の終わりの頃から雪が降り始め、十二月には辺り一面、真っ白になった。

この時期は川の表面も凍ったが、館への水路はとても深いところにあり、水路に使っている煉瓦にも炎魔法で熱を保たせているから凍らない。周辺の集落にも水を送れるよう、何本もの枝道が別れているらしい。

一度見せてもらったが、ローマの地下水道みたいだった。

所々、天井をくり抜いて網を被せているのはこの雪の水も利用するため。

汲み上げるポンプみたいなものの動力もやっぱり魔法だ。貯水する桶や水の出口には浄化魔法を込めた魔石が使われていてとてもクリーンだった。

排水も同じで浄化してから水路に戻す。自然に優しいエコロジーなシステムだ。

魔法って素晴らしい。

都市部でもこのシステムを使っていて、なおかつ、みんな浄化魔法で身体をきれいにするから、生活排水もかなり少ない。

見た目、街並みや風景は中世ヨーロッパに似ているが清潔度は大違い。

まかり間違っても頭の上からとんでもないものが降ってきたり、ハイヒールじゃなきゃ街中とか王宮の庭も歩けない、どこぞの芸術の都とは比べ物にならない。

だから不衛生から来る感染症はまずない。

だって地下水道の水が透明なのだ。魔法エコロジー万歳！

閑話休題。

俺とユージーンの鍛練は、雪の間は館に隣接した温室のような、いわば屋内練習場で行った。外を走れないぶん、筋トレとストレッチが増えたけど気にしない。

兵士は外で鍛練しているが、辺境伯いわく『お前たちには無理。首まで埋まる』。

確かに大柄な兵士でも腰の辺りまで雪に埋まってるもんな。確実に遭難するわ、うん。

魔法の練習もこの温室でしているが、スペースが限られているから、もっぱら命中率や精度を上げる練習になる。

俺はそれに加えて無属性魔法をいろいろ教えてもらって試した。今のところ使えるのは認識阻害と遮音と外界干渉遮断、それと空間防護壁――これは物理攻撃を魔法の壁で遮断する。

まだ習い始めだから壁も薄いが、練習すれば分厚くなるし、敵の攻撃を防ぎながら味方に魔力供給もできるようになるそうだ。冒険者パーティだと『盾役』と言われる。

「さすがは防衛者《ディフェンダー》だね。習得が速い」

ローウェル様は誉めてくださったが、物理攻撃の技術や攻撃魔法も磨かないと。

攻撃は最大の防御なり、だからな。

そんなこんなしているうちに、冬の祭りがやってきた。

兄上は王宮での挨拶が終わり次第、辺境伯と合流して辺境まで転移してくるようだ。

『父上や母上は何も言わないの？』

気になって訊いたら、兄上は通信機の向こうで肩をすくめてるような感じで苦笑いした。

『アマーティア領に行くって言ったら、お祖父様とお祖母様によろしくってさ』

そうでした。そういう人たちでした。乳母のマリーだけはちょっぴり寂しがっていたって言ってたが、元々、母上べったりの人だったからな。

そうして兄上と辺境伯がゲンナリした顔で館に戻ってきたのは、祭りの日の夜もとっぷり暮れた頃。日没の太陽を見送るのがメインの行事だから仕方ないな。

辺境伯は館で儀式をしてから、速攻で王宮に転移して二時間弱で帰ってきた。速っ！

「王宮の冷めた飯なんか食えるか！」

そりゃまあ、焼きたての特大ワイルドボアの丸焼きと鍋いっぱいの温かい具だくさんの芋煮シチューが待ってますもんね。

カーレント辺境領の冬祭りは大広間、というより、あの屋内練習場と広間の空間を繋げての立食パーティー。もちろん辺境軍の兵士たちも一緒。

練習場で焼いたり煮たりしたものを給仕係の兵士がどんどん運んでくる。どこまでもワイルドだ。

砦に残っている兵士たちにはローウェルが料理をマジックボックスに入れて直にお届けしてた。

こういう労い、嬉しいよな。

何を隠そう、俺もあの水飩《すいとん》お汁粉で参加させてもらった。

兵士やローウェルはやっぱり一瞬引いてたが、辺境伯や兄上がお代わりまでしているのを見て口をつけたら感動していた。

ユージーンも「甘くて美味い！」って大喜び。

でもさぁ……

兄上は俺が作ったものは何でも喜んで食べるが、辺境伯も始めから本当に日本食もどきに抵抗ないんだよな。……なんで？

そして俺のそんな素朴な疑問は、翌朝には衝撃に変わった。

「これが、辺境の新年の食事だ」

って出されたそれは……

大きめのカップに魚の切り身や野菜を入れた澄まし汁の出汁醤油味のスープ。その中に見覚えのある白い塊がふたつ三つ浮いている。フォークを刺すと、ビローンと伸びる。

まさか……これは……

口に運んで、驚愕。その後、確信。

「餅ぃ!?」

そう、その味は間違いなく餅だった。しかも丸餅。

――お雑煮じゃん……！

「あれ、驚いた？　そうだよね。初めての味だよね」

いや、実に懐かしい、故郷の味でございます。うちの家は鶏肉に角餅だったけど。

これ、北陸スタイルのお雑煮ですよね⁇

「冒険者でいろんな国を回っていた時にね、アキート国で食べてからヴィルが病みつきになっちゃって。口に合わなかったらごめんね」

「いや、とんでもないです。美味しいです！」

優しく言ってくださるローウェル様にぶんぶんと首を振る。

ちらっと兄上を盗み見ると、もう夢中。なにげに目が潤んでる。

「じゃあ、この黄色いのと黒いお豆もアキートの料理？」

「そうだよ。ダティーマとクロルって言うんだ。黄色いのは魔鳥の卵と魚の擂り身を混ぜて焼いて丸めたやつ。黒いのは豆を甘く煮たんだ」

はい、おっしゃるとおり、それは間違いなく伊達巻《だてまき》と黒豆でした。香辛料で味付けして揚げた肉も美味い。まんま唐揚げ。

ビバ！　異世界日本食！

「そのスープに入っているのは、ムルチと言ってお米を蒸して突いたものなんだ」

はい知っています。餅ですね。

あ、でも米って高級品なんじゃ……

「うちでも少しだけ作ってるんだよ。祭りとか特別に食べる時の分くらいだけど」

ローウェル様いわく、アキートの料理にいたく感激された辺境伯が、拝み倒して二種類の種籾《たねもみ》をもらってきたそうな。

はい、わかります。餅米とうるち米ですね。

「なんとか育てようと頑張ってね。うちの菜園でも実をつけるようになったんだ。……水を張った泥の中に植えなきゃいけないし、水とか温度の管理も大変でね。苦労したよ」

そうでしょうとも。

稲は高温多湿の土地の植物。この国の気候風土には向きません。

聞けばアキート国は海があって、暖かくて雨が多いとか。なんか前世のアジアっぽい。

田んぼを見たいと言ったら冬はやはり育たない。仕方ない。

「行ってみたいな、アキート国……」

異世界日本食にもっと会えるかもしれないもんな。

やっぱり冒険者にならないと……！

でも、これは兄上には内緒。

はからずもプチ日本の正月料理を満喫して、俺たちはダイニングからリビングへ移動した。

暖炉には赤々と火が燃え、時々、パチリと大きな音を立ててはぜた。

今日は新年なので鍛錬は休み。たまには辺境伯もローウェル様とゆっくりされたいだろうし、クロードやニコルにも骨休めは必要だ。

そうそう、今年の冬の祭の日にはクロードとニコルにも刺繍したハンカチをあげた。いつも俺を守ってくれる、ささやかなお礼だ。いつもの年はクッキーだけど、今年は特別。

「リューディス様から、プレゼントなんて……」

そんなことで泣くなよニコル、大袈裟だな。

ニコルは子爵家の妾腹の子で、俺の遊び相手兼従者として遠縁にあたる俺の家に奉公に来た。学園の中等部ではなかなか成績も良かったみたいだが、金がなくて上の学校には進めなかった。以前に、冬の休みに家に帰らないのかと訊いたら、もう正妻の息子の義兄が跡を取っているから帰れないと言っていた。

産んでくれた母親もニコルが十二の年に亡くなったそうだ。

『寂しくないの？』と小さい頃にニコルに訊いたら、『リューディス様や皆様がいますからね。今はここが俺の家です』と微笑みながら言ってくれた。

でも、もう二十歳《はたち》過ぎなんだから『お嫁さんもらったらいいのに』とこの前、言ったら、『リューディス様が一人前になったら、考えます』と言われた。

もしかしたら、お前、一生独身になっちゃうよ？

辺境伯には剣の飾り紐、ローウェル様とメルシェ様には花を刺繍したテーブルセンター、ユージーンには熊を刺繍したバンダナと木彫りのブローチをあげた。

兄上には金糸で刺繍したサッシュベルトと辺境伯たちと街へ行って見つけた青い石のついたブローチ。もちろん、加護魔法入りだよ。

俺は辺境伯からはユージーンとお揃いの剣帯を、ローウェル様からは魔法の本、メルシェ様からはなんとパジャマをいただいた。

「背も伸びたみたいだからね」

そう言って渡されたパジャマは温かくて肌触りもよくて最高だった。

ユージーンからは本物そっくりの木彫りの鳥をもらった。彼のほうが木彫りははるかに上手い。

兄上からは「そろそろ勉強もねっ！」という言葉とともに金粉の入った俺の瞳と同じ紫のガラスペンとアクアマリンとアメジストを嵌め込んだネックレスをもらった。

ローウェル様が苦笑されていたから何か魔力を入れてあると思うが、兄上の魔法なら悪いものじゃないから大丈夫。

そして新年。

チェスにもボードゲームにも飽きた俺たちは子どもの基本、雪遊びに外へ飛び出した。

屋敷周りは従僕たちが少し雪掻きをしてくれていたから、ユージーンや兄上、ニコルたちと雪玉を作って投げたり、雪だるまを作って並べたり……すっかり童心に帰ってはしゃぎまくった。

いや、子どもなんだけどね、実際。

そ、し、て……

俺はかつての憧れのアレを作るべく、風魔法で雪を吹き寄せた。

何って？

アレですよ。雪国ならではの冬の風物詩。

そう、か・ま・く・ら、でっす！

前世から憧れていたんだよな。

俺が子どもの頃に住んでいた街はあまり雪は降らなくて、テレビで見るたびに感動していた。

大人になって赴任した駐屯地はそこそこ雪は降るけど、そんなには積もらなかったし、官舎の庭にかまくらなんか作ってたら上官にどつかれる。

敷地内を何周させられるかわかったもんじゃない。

てことで、スコップを借りてせっせと雪山をくり抜き始める俺。

「何やってんだ、お前？」

不思議そうに眺めるユージーンに、ふんす！　と胸を張って言う。

「かまくら……えっと、雪のドームだよ！」

「そんなの、魔法でやっちゃえばいいじゃん？」

馬鹿だね。汗水垂らして自分の手で作るからいいんじゃん。

「手作りがいいんだよ！」

構わずせっせと掘り続けていると、兄上がニコニコしながらやってきた。

「手伝おうか？」

「はいっ！」

ニコルもクロードもスコップを片手にやってきた。

兄上には天井が崩れないように外周から氷魔法で固めてもらって、三人でせっせと雪を掻き出す。

「物好きだな〜」

そう言いながらも参加してきた、ユージーン。

お前も結構楽しそうじゃん。

綺麗にドームをくり抜き、兄上に天井や壁部分を固めてもらって、入り口の階段を固めたら出来上がり。

「いい感じじゃ〜」

結構大きめな、形のいいかまくらができた。日本なら中に火鉢を置いて、餅を焼いて食べたり、ミカンを食べたりするところだが、残念ながらここは異世界。

すると……

「あらあら楽しそうだねぇ……」

メルシェ様が温かなラグとクッションを持ってきてくださった。

後ろには小さな木のテーブルを持った侍従と魔石の火の出ないコンロを手にした執事。

そして、チーズたっぷりの鍋と一口大に切ったバゲットの籠を持った料理人。

「フォンデュだ！」

一斉に俺たちは歓声を上げた。

手作りかまくらの中で食べる熱々のチーズフォンデュは最高に美味しかった。

その後、しばらくの間、かまくらが俺たちの『秘密基地』になっていたことは言うまでもない。

年が明けて三日目、俺たちはお祖父様たちの住むアマーティア領を訪ねることにした。

兄上と一緒に辺境の一番大きな商会で銀のペアカップと温かそうなショールをお土産に買った。

今回はメルシェ様とユージーンも一緒だ。

「うちの孫にも逢わせたいし、たまにはヴィルとローウェルをふたりきり、水入らずにしてあげなきゃ」

姑がいつもいたんじゃ気詰まりだよね、とメルシェ様。さすがです。

ユージーンの言うには、メルシェ様はしょっちゅう砦の見廻りやら、村の視察などで不在にされているそうだが。きっと気遣いだよ、それ。

カーレント家の大人たちはいつも忙しくて、誰かしら不在の時が多いそうだ。

確かに働き者だよな、うちの両親とは大違い。

「兄弟、いいよな……」

うん、大人の中でひとりはちょっと淋しいかも。

ユージーンはわりと早くから『弟、欲しいぞ運動』をしているそうだが、なかなか上手くいかないらしい。

「戦闘狂《バーサーカー》と魔術オタクだからねぇ、うちの親」

溜め息まじりにボヤいているが、ちゃあんと子どもの世話をしてくれる両親、俺は羨ましいけどな。

メルシェ様は出発直前まで、カーレント特産のワインや果物の砂糖漬け、ジャム、野菜のピクルスなどをマジックボックスに詰め込まれていた。なんだかとても楽しそうだった。

あれこれ抱えて、俺たちはカーレントの教会からアマーティアの教会に転移。

「冬じゃなきゃギルド便使うし、馬車でもいいんだけど……」

なにせ辺境領は雪が深い。冬の間は魔鹿の橇《そり》で荷物や人を運ぶが、吹雪いたらそれも休み。

辺境伯やローウェル様は転移魔法が使えるけど、庶民はそうはいかない。

場合によっては、辺境伯が僻地に転移で物資を届けたり、ローウェル様が急病患者を街の大きな診療所に運んだりする。救急救援もするって、そりゃ忙しいわ。

アマーティア領に着くと教会の前に迎えの馬車が待っていた。雪なんか全然ない。山ひとつ越えるとこんなに違うんだな。

メルシェ様によれば、アマーティア領はほぼ真っ平らで驚いたって、結婚当初のお祖母様から手紙が来たそうだ。

でも吹き下ろしてくる風は冷たい。やっぱり冬。

「やぁ、よく来たね！　……カルロスもリューディスも元気だったかい？　……メルシェ、久しぶりだね。その子がユージーン？」

街の郊外の小高い丘の上の領主館に着くと、エントランスにお祖父様とお祖母様が出迎えてくれた。

にこにこいつも通りに微笑んでるお祖父様と、いつもと違うハイテンションのマシンガントークのお祖母様。

弟のメルシェ様に久しぶりに会うのがよほど嬉しいのか、ハグの嵐。

お祖父様がちょっと複雑な表情してる。年甲斐もなく焼きもち焼かないの。

「さぁ中に入って、お茶にしよう」

お祖父様についてサロンへ。

アマーティア特産のベリーのお茶とカスタードたっぷりのタルトを食べた。

「元気そうで安心したよ。……オリンは身体が弱いから」

メルシェ様の言葉にお祖母様がにっこり微笑む。

あ、オリンていうのはオーランドの愛称。名前がオーランドだからな。

お祖父様はお祖母様をなぜかラーラと呼んでいる。

「ありがとう。旦那様が大事にしてくるから心配ないよ」

「大切な伴侶ですから」

ちょっと照れぎみで顔を赤くしながら胸を張るお祖父様。

いまだにベタ惚れらしい。良きかな、良きかな。

「アマーティアは自然豊かな場所だから心地よいしね」

お祖母様が銀の髪をサラリとなびかせて笑う。アマーティア領に山はないが、森と大きな湖はある。領地のほとんどが畑と草原地帯。

春に麦が実ると大地が金色に染まる。魔獣もほとんどいないから、放牧も盛んだ。

「ラーラがいてくれるからだよ」

お祖父様よ、目尻下がってますよ。

お祖父様はお祖母様と結婚してからずっとアマーティア領に住んでいる。初めは長男の手伝いで領地経営をしていたが、亡くなって領主を継いでからも、ほとんど王都には行かない。政治向きは父上任せ。それもどうかと思うけどな。

お祖母様は辺境領で生まれたが、ニンフである母上を早くに亡くして、身体も弱かったので王都の辺境伯のタウンハウスで育った。

当時、辺境は魔獣の大量発生《スタンピード》もあってかなり危険だったらしい。

でも、王都の自然のない環境はお祖母様にはかなりのストレスで、友人である当時のアマーティア公爵の領地に静養に来た。次男坊でやんちゃなお祖父様も王都に馴染めなくて領地で過ごしていた。それがふたりの出会い。

当時の辺境伯爵はその間にメルシェ様の母上と知り合って再婚されたが、お祖母様はメルシェ様の母上にとても大事にされた。

「継母《はは》上ったら、私を『様』付けで呼ぶんだよ。それだけはやめてって言ったのに……」

「オリンは精霊《ニンフ》の血を継いでいますから。母にとっては神様に等しい、天使みたいな存在でしたからね」

お祖母様はメルシェ様の言葉にちょっとだけ眉をひそめられた。

「天使は継母《はは》上だよ。メルシェも……。優しいだけでなく、ふたりからは森の香りがいつもしていて、だから私は王都の生活に耐えられたんだ」

そして年頃になるとお祖父様とさっさと結婚されて、自然豊かなアマーティア領に住み着いた訳だ。

「ラーラには精霊の加護があるからね、アマーティアが豊かなのはラーラのおかげでもあるんだよ」とお祖父様。

よそで飢饉や不作があっても、加護のおかげでアマーティアにはちゃんと作物が実って収穫できた。もちろん、辺境が困った時にも無償で食糧送ってくれたと、メルシェ様が感謝されていた。

今はローウェル様がいるから大丈夫だけどな。

「いいなぁ……僕もそんな力が欲しい」

俺がボヤくとお祖母様がクスクス笑われた。

「あるよ。カルロスにもリューディスにもちゃんと精霊の加護があるよ。もちろん、ユージーンくんにもね」

「「えっ？」」

目を真ん丸くする俺たちにお祖母様が優しく言った。

「魔法測定しただろう？　魔法の属性は精霊の加護によって決まるんだ。魔力が多いのは加護が強い証拠だよ。もっと魔力を高めるには精霊とのコミュニケーション大事だ」

メルシェ様がうんうんと頷かれる。

「コミュニケーションて？」

「自分を取り巻く世界に感謝すること。それから……」

お祖母様は兄上をまっすぐ見て、仰った。

「信じること。……カルロス、あなたは光の精霊の加護を受けているんだよ。もっと自信を持ちなさい。精霊もそれを希《のぞ》んでる。……あなたの願いはきっと叶うよ」

「……はい」

お祖母様の言葉に兄上は言葉を詰まらせ、深く頷いた。

「そろそろ食事にしようか」

執事のグレアムが呼びにきたので、俺たちは話を切り上げてダイニングに移動した。

お祖父様たちは俺たちのお土産をとても喜んでくれて、さっそくカーレントのワインを開けて乾杯された。

デザートのソルベにもメルシェ様手作りの苔桃のジャムがかかっていてとても美味しかった。

晩餐はいろんな話をしてとても和やかだった。

けれど俺は、お祖母様の言ったあの言葉がとても気になってなかなか眠れなかった。

——兄上の、願い……

兄上の心の中に、まだ俺の知らない領域がある。

それは当たり前といえば当たり前だが。

俺はその『願い』が気になって仕方なかった。

同時にそれは決して訊いてはならないもののように思えて、ひどくもどかしかった。

第六章　マクシミリアン王子と婚約解消

俺は不機嫌である。

とってもとっても不機嫌である。

原因はもちろん決まっている。

ザ・王子様、マクシミリアン殿下。

俺たちは湖に釣りに行ったり、お祖母様の歌声に精霊が光を振り撒くのを見たり、アマーティア領でとっても楽しい日々を過ごしていた。

なのに……

滞在も終わりに近づいたある夜、お祖父様が執事のグレアムから一通の手紙を浮け取って眉をしかめられた。

「どうしたの？」

「マクシミリアン殿下からの手紙だ……」

お祖父様の言葉に今度はみんなが一斉に眉をしかめた。

もちろん、俺もだ。

実は……俺は王都から離れてから、ずっと体調不良でアマーティア領で静養していることになっていたらしい。

俺がお茶会にもパーティーにも顔を出さなかったから、王子は父上に詰め寄って問いただしたうえ、屋敷に押し掛けてきそうになったので、やむなくそんな話を作ったらしい。

そりゃあ、貴方との婚約に怒って家出しましたなんて言えないわな。

で、見舞いもダメ、手紙も書かないでくれー、と父上にも母上にも拒まれた王子は、事の真相を探るべく、アマーティア領を訪問したいと言い出した。

お祖父様はやんわりと断ってきたが、どうしても聞き分けない。

秋に兄上からその話を聞いた俺は、思いきって手紙を書いた。

俺には結婚の意思はないこと。

なぜならまだ子どもだし、同性と結婚なんて考えられないこと。

殿下を友達だと信じていたのに、ひどく裏切られた気持ちであること。

婚約を解消しなければ王都には帰らないこと……も。

事によっては王命に背くような一大事だから、手紙は父上でなく、兄上から王子に直に届けてもらった。

兄上の報告では、王子は手紙を読んで「わかった」と一言、言っただけだったそうだ。

その後、父上からも何の音沙汰もないし、俺はきっぱり諦めてくれたもの、と思っていた。

母上も『内定』の段階だと言っていたから大事にはならないはず、と思っていた。

実際、王宮の冬の祭で顔を合わせた時も、父上にも兄上にも王様や王子からは俺について何の話もなかった、と聞いたから、てっきり片が付いたと信じていた。

なのに……

「マクシミリアン殿下がこちらに来るそうだ。……リューディスと会って話をしたいと書いてある」

えーーーー！　ヤダ！　俺、会いたくない！

「お祖父様、僕、殿下とお会いしたくありません。お断りしてください」

俺の懇願にお祖父様は小さく首を振った。

「殿下はもう王都を発ったそうだ。十日後には着くから、よろしく頼むと書いてある」

何それ？

「なんで大神殿の転移門を使わないんだろ？　……転移門からならすぐに来られるのに」

ユージーンが首を傾げると、メルシェ様が小さく唸って答えられた。

「わざわざ馬車で来るのは断らせないためだろう。もう王都を出ているなら、こちらから連絡をとる手立てはない」

「策士め……！」

兄上が苦々しげに吐き捨てた。

小声で「ガキのクセに……」って言っていたのは聞かなかったことにする。

「確かに、一度きちんと話をしたほうがいいかもしれないね……」

お祖母様が溜め息混じりに言った。

「お祖母様……」

「リューディスは婚約が決まったって聞いてから、殿下とちゃんと話をしていないんだろう？」

「うん……」

俺はこっくり頷いた。

ショックが大きすぎてどうしたらいいかわからなかった。

お祖母様が優しく俺の頭を撫でながら仰った。

「じゃあ、誠意をもってちゃんと殿下と向き合わなきゃ」

「お祖母様⁉」

悲痛な叫びを上げた兄上をお祖母様が静かに諭された。

「使者や侍従だけを寄越すというなら取り合わなくていいと思うけど、仮にも王族が自ら出向いてくるんだ。こちらもそれなりの誠意を示さなきゃならないだろう。それに……」

お祖母様はお祖父様を振り向いてフッと笑われた。

「大人の思惑と殿下の気持ちが同じとは限らない。少なくとも、馬鹿息子を通さないで直接に会いたいと言ってくるのは見所があるね」

「そうだな……」

お祖父様もニヤリと笑って返された。

あの……その馬鹿息子というのは、うちの父上のことでしょうか、この国の宰相の。

それでもって優雅に微笑んでいらっしゃる顔が、何気に悪い顔なんですけど……

俺と兄上はリアクションに困って顔を見合わせた。

「心配はいらないよ。……メルシェ、協力を頼めるかな？」

「もちろん！」

頷くメルシェ様まで悪い顔になられている……

大人ってコワイ……


そして、数日後、王家の馬車がアマーティア領主館に到着した。

単身カッコ従者付き、で乗り込んできたマクシミリアン殿下はお祖父様夫夫《ふうふ》と俺たち、カーレント辺境伯一家の出迎えを受けたのだった。

王子の顔が瞬時に引きつり、真っ青になったのは言うまでもない……

──こいつも子どもだった……

アマーティア領主館に到着したマクシミリアン第二王子は真っ青になりながら、俺に歩み寄り、ガバッと抱きついた。

「リューディス……！」

まぁ、俊速で兄上にひっぺがされたが。

「殿下、離れてください」

「ああ、済まない……」

ひっぺがされた王子の足が微妙に震えている。

辺境伯の『威圧』怖いもんね。チビッてない？　大丈夫？

「ようこそ、マクシミリアン第二王子殿下。リューディスの祖父、フェルディナンド・アマーティアです。こちらは伴侶のオーランド」

「初めまして。……どうぞ中にお入りください」

全然、ようこそでない無表情のお祖父様、完全棒読みのお祖母様。初めて見ました。

冷やかに怒っている元公爵夫夫《ふうふ》にドナドナされていく王子の後ろ姿はそれでも背中を張って。

いじらしいねぇ……

でも、同情はしてやらない。俺は怒ってるんだ。

サロンに通され、椅子を勧められる王子。

周囲を怖い大人に囲まれて、さながら猛獣に囲まれた子兎。

俺はなぜか兄上の膝の上でがっちりホールドされている。

兄上、この状態でブリザードはやめて、寒いから。俺が凍える。

淡々とお茶を給仕する執事グレアム。

兄上のブリザードにも辺境伯の『威圧』にも全く乱れぬ見事な手さばき。

うん、お前、最強だな。

震える手でやっとお茶を一口。王子の口から出た言葉は……

「なんでカーレント辺境伯様がこちらに？」

ま、まぁそうだよな……

「あぁこちらの元公爵の伴侶様は私の母上の兄でな、孫の顔を見せたいというんで、たまたま遊びにきたんだ」

しれっと仰る辺境伯。

本当はメルシェ様がハヤブサ便で知らせを送って、昨日の夜、嬉々としてやってきたんだよな。

あ、ハヤブサ便は郵便の速達みたいなもんだが、本当の鳥のハヤブサが運んでくれる。

これは森の部族の末裔メルシェ様だから使えるワザだ。

ローウェル様やオーランドお祖母様はフクロウ便をご愛用。ザ・魔法使い。

閑話休題。

それにしてもオトナは本当に嘘が上手いよな。気をつけよう。

「たまたまですか……」

王子、まだ手が震えている。

「で、用向きは何なんだ？」

コワイ恐い怖い、辺境伯。前世のヤのつく職業の人より怖いです。

「私はリューディスと話がしたいんです」

俺のほうがチビりそう。

それでも、必死に顔を上げて俺を見てのたまう王子。

……うん、辺境伯にメンチは切れないよね。

「話って？」

「まず……リューディス、ごめん！」

ガバッと頭を下げる王子。

あれ？　王族は人に頭を下げないんじゃ……？

何気にみんなも引いてる。

「お、お顔をおあげください、殿下」

俺もアワアワして声を掛ける。

「じゃ、私の話、聞いてくれる？」

顔を上げた途端にキラッキラの王子様スマイル。

こいつ……！

だが、マクシミリアン第二王子殿下の語った話は相当にマヌケで……

俺が八歳の時のお茶会で一緒にいた香水臭い令息のひとり、名前覚えてなかったが、マリウスというらしい。

そいつに言い寄られ、大人の関係を迫られ、つい俺と婚約してるって言っちゃったのが始まり。

「関係、しちゃえばよかったのに」

ユージーンがボソッと言うと、王子はそっちをキッと睨んだ。

「成人するまで、そんなことはしちゃいけないんだぞ！」

あら、真面目。

「でも、僕じゃなくて、もうひとりの……えーと……」

ごめん、連れの名前も覚えてないわ。

「テオドールだって同じだ。あのふたり、ツルんで競い合っているんだから！　……絶対イヤだ」

あの、俺もイヤなんですけど……

「だって考えてもみてくれ。あんなド派手で香水臭いやつ、半径一メートル以内にだって寄られたくない。鼻が曲がる、腐る、死ぬ」

まぁまぁ、それはわかりますけどね。

でも、香水、やめてもらえばいいだけじゃん？

シンプルな格好でもそこそこ可愛いかったよ？

それで、そのマリウスくんの父上の伯爵様が、うちの父上と王様に真偽を確かめに行った。

で、父上と王様は面倒くさいからそういう話にしとこう、いっそ本当に婚約させせちゃえ……と。

…………

…………

ちょっといい加減すぎない？

ノリと勢いで息子の大事な人生、決めるのやめてくれない？　父上。

「私もリューディスなら、本当に婚約してもいいかな……って思ったし。ほら、仲良しだし……」

わかった。コイツも事の重大さを全然把握してない。

だからあの戯《たわ》けたカードもノリでほいほい書いちゃった訳だ。

俺の真剣に傷付いた気持ちを返せ。

「私はリューディスが大好きだし、……もし、結婚となったらそれはそれでいいかな……と」

アカン！　絶対アカン！

「殿下、結婚ってなんだかわかってます？」

兄上が呆れた声で突っ込みを入れる。

「一緒に生活することだろう？」

まぁそりゃ間違ってはいないが……

「閨教育、受けてますよね？」

「怖いから逃げた……」

……おい！

マジでお子様だったんですね。卓袱台返ししてイイデスカ？

「でも、王族は学園に入学する前に婚約者を決めなきゃいけないし……」

まあ、ね。

特に王位継承権に絡む人間は変な虫が付かないように、婚約者を決めておく慣わしはあるが。

「俺は婚約者なんていなかったぞ」

「叔父上は特別です……」

そりゃあ辺境伯は規格外。ローウェル様一択だったし、変な虫なんて指先で潰すでしょうに。その前に怖くて寄れなかったと思う。

「殿下、あなたは今、リューディスを大好きとおっしゃいましたが、それは友達としてですか？

恋愛対象としてですか？」

お祖母様が鋭く切り込む。

「……わかんないです。友達としては大好きだし。でもリューディスがすっごく眩しく見える時があるし、顔を見ると心臓がドキドキするし……」

医者へ行け、医者へ。眼科もな。

顔を見合わせ、溜め息をつく大人たち。

でもさ、少年以上青年未満、てこんなもんよ。

俺も溜め息だけどさ。

「今までそういうご経験は？」

さりげなく尋ねられるローウェル様。

「一度だけ……」

お、あるんじゃん。

「でも、相手の身分も素性もわからないんです。ナルニアの街に視察に行った時、市場《バザール》で会った一度きりなので……」

ナルニアは国境の街だ。退屈で抜け出した市場《バザール》で、不思議な歌を歌っていたという。

「名前はミシェルという子で、リューディスにちょっと似てて……でもピンクがかったブロンドの髪で、瞳の中に星があった」

「星？」

「うん。この虹彩のところに、金色の星がふたつ」

するとなぜかお祖父様がずい……と身を乗り出してきた。

「その子の家族は？」

「お父さんは亡くなったって……病気のお母さんとふたり暮らしだって」

王子の言葉が終わるや否や、お祖父様が鋭い目線を執事のグレアムに向けた。

「グレアム」

「承知いたしました」

丁寧に頭を下げて立ち去るグレアム。

なんだろ？

「さて、マクシミリアン殿下」

お祖父様がおもむろに殿下に視線を向けた。

「お話を伺うに、あなたはその少年に心を惹かれている。……ほかの者に心を惹かれているのに、うちの孫を婚約者に、というのは無体ではありませんか？」

「でも……たとえそうでも、王族や貴族に恋愛結婚なんて……」

俯く王子、その耳に辺境伯の声が突き刺さる。

「恋愛結婚なんて、何なんだ？」

はっ、と顔を上げる王子。

そうなんだよね、ここにいるオトナはみんな恋愛結婚なんだよね。規格外のオンパレード。

こほん……と咳払いするお祖父様。

「お話はわかりました。……では、まずは殿下にはリューディスとの婚約を解消していただきます」

「えーっ⁉」

叫ぶな。王子様がみっともない。王族だろ？

「ただし……殿下にふさわしい婚約者は必ずお探しいたします。我がアマーティア公爵家の名にかけて……」

「本当に？」

お祖父様の言葉にパッと顔を輝かせる王子。

「その旨、俺が兄上に伝えてやろう」

辺境伯が厳かに仰る。

お祖父様が深く頷いた。

「感謝します」

その丁寧なお言葉の後に――その前にあの馬鹿息子をとっちめないと……と呟いたのは内緒だ。

そうして、俺のおマヌケ婚約事件はカタがついた。

けれど王子の表情はまだ冴えない。……というか、もっと固くなっている。

「まだ何か？」

優しく問う目が笑っていない兄上に、王子が思い詰めたように切り出した。

「兄上から、リューディスに内密の頼みがあって……」

「王太子様から？」

「本当に内密の依頼なので……」

表情を強張らせる王子にお祖父様が頷き、パチリと指を鳴らした。遮音の魔法だ。

「どうぞ、殿下。……ここにいる者たちは決して口外しませんから。……誓えるな、ユージーン」

ユージーンがこくりと首肯し、未来の辺境伯に相応しく表情を引き締める。

「実は……妃殿下のことなんです」

王太子の正妃は女性でなければならない。だが、この世界には極端に女性が少ない。

なので、異世界から召喚されることがある。

今の王太子の正妃も異世界から召喚された。

この国では十八歳で成人する。

だから王太子はまだ正式な婚儀はしていないが、召喚された女性はその時点で王太子妃と呼ばれるようになる。

選択の余地がないのだ。

今の女性は王太子が十五歳の時に召喚された。

王太子と同じ年の兄上がもうすぐ十七歳だから、一年ちょっと前のことだ。

「こちらにいらした時からお加減が優れないようではあったんですが……」

それはそうだろう。

それまでの平穏な生活から全く知らない世界にいきなり飛ばされたのだ。

たまったものではない。

俺のように『死んだ』自覚があって赤ん坊からやり直していれば、状況を徐々に受け入れられるが、それとは訳が違う。

「今度の妃殿下は……年齢補正が入っているようで、状況を受け入れるのにひどく時間がかかっているというか……混乱が激しいそうなのです」

年齢補正というのは、召喚の時に配偶者に相応しい年齢に対象者の年齢が巻き戻されることだ。

ある意味、傍迷惑以外の何物でもない。

「過去に召喚された女性で、それで心を病んで亡くなられた妃殿下もおいでになるのですが、兄上はそんなことはしたくない……と」

まぁそりゃそうだろう。

形だけとはいえ、他人を不幸にしたいとは思わないよな。

その辺り、正常なのはまだ許せる。なら召喚なんてしなきゃいいのに、とも思うけどさ。

「特に妃殿下は夜中に眠っていて、うなされて飛び起きることが多いとか……」

ん？

「何か向こうの世界でひどく辛い経験をしているようだ……と兄上はおっしゃるのです。……何かそれを癒して差し上げる手立てはないか……と」

あ、なんかイヤな予感。

王子が真剣な眼差しで俺をじっと見た。

「リューディス、あの箱を作ってもらえないか……妃殿下のために」

予感的中。

「でも僕は妃殿下を存じ上げません。どんな方かわからないのに……」

兄上も王子もユージーンも面識があり、言葉も交わしている。

けれど、王太子妃は顔を見たこともないのだ。

異世界人の王太子妃は大神殿で召喚されたあと、王太子宮に移され、婚儀の日まで人前に現れることは一切ない。

「わかっている。……けれど妃殿下について思い悩む兄上が気の毒でならないんだ。兄上自身が、食事すら満足にお取りにならない」

王子の言葉に俺は兄上をチラリと見た。

「兄様、学園では王太子殿下は……？」

「一切、悩まれている様子はお見せにならないが、食が細くなってお顔の色が悪いのは確かだ。だが、私たちが尋ねても、『何もない』とおっしゃるだけだった」

兄上はご公務が忙しいと思っていたようだ。

まあプライベートはそうそう明かさないよな、公人は。

「兄上は何か方法があるのなら……と藁にもすがる思いだ。何とか頼めないだろうか、リューディス」

再び深々と頭を下げる王子。兄弟仲良いんですね。

我が国は安泰だわ。でも……

「何もわからない状況では……」

渋る俺に、王子はポケットから小さな箱を取り出し、俺の手に握らせた。

「妃殿下のあちらの世界での名前は『イリーナ』だそうだ。そこに入っているのは妃殿下が召喚された時に握りしめていたものだ」

――日本人じゃないいんだ……

名前からすると、北欧とか東欧とかそっちのほうの人だろう。そもそも地球人とは限らない。

俺は少しだけガッカリしながら、手渡された銀細工が施された箱を開いた。

そして……

――これは……

俺は箱の中を凝視し、思わず息を呑んだ。

入っていたのは……俺の記憶に間違いがなければあちらの多数の国で用いられていた、五・五六口径の銃弾。軍用自動小銃の弾丸だ。そして当然この世界にはない。

――戦争の最中《さなか》……だったのか。

俺は赤黒い血がわずかにこびり付いたそれをじっと見つめた。

マクシミリアン王子の話を聞いて、俺は辺境領に戻ると箱の製作を始めた。

あの日、辺境伯は弾丸の入った箱を茫然と見つめていた俺の手元を覗き込み、肩を叩いて一言、『作って差し上げろ』と言った。

そして俺の婚約解消を王様に談判しに行く、と席を立った。

その際に、王子に「一緒に行くか？」と尋ねたが、王子は小さく首を振った。

「箱ができるまで待ちます」

出来上がったものはほかの者に触れさせず、直接、王太子に渡したい。

が、度々こちらに出向く訳にもいかない。

「いらぬ詮索をされたくないので……」

王子の言葉に頷いた辺境伯は、おひとりで王宮に転移され、二時間ほどで書類の束を抱えて仏頂面で帰ってきた。

「話はついたぞ。マクシミリアン、十日ほど休みをもらってやったからな」

辺境伯はそう仰ってテーブルの上に書類を投げ出された。

「まったく国王《あにき》め……俺の顔を見るたびに仕事を押し付けやがる……」

決して小さくない小声でブツクサ言うのを全員で華麗にスルーして、夕食の待つダイニングに移動した。

アマーティア領特産の果物のソースのたっぷりかかった子羊のローストに舌鼓を打ちながら、晩餐はそれなりに和やかに終わった。

マクシミリアン王子は箱の完成を待つ間の公務についてちょっと心配していたけれど、「王太子に任せてきた。お前は箱ができるまで俺のところで遊んでろ」と辺境伯に軽く言われて目を丸くしていた。

ちょっと引いていたな……

翌日、俺たちはお祖父様とお祖母様に見送られて、アマーティアの教会からカーレントの教会に転移した。

王子の侍従や護衛も一緒だし、お祖父様たちにお土産もたくさんもらったので、カーレントの教会から領主館まで魔鹿橇《そり》三台を連ねて三往復した。

王子は初めて見る雪国の景色にまたまた目を丸くしていた。


――で、今ここ。

今回はからくりにする必要はないから、普通に木組みの宝石箱にした。

ユージーンに手伝ってもらって一枚板から自分でパーツを切り出し、ヤスリをあてて木の表面をきれいに滑らかに磨いて組み立てていくのだ。

実はその工程で俺は悩んだ。

意匠をどうするか?

俺が日本でまだ生きていた時、大陸の北のほうでは戦争が勃発していた。

大国に攻め込まれた小国は周辺国の後押しを受け、なんとか踏ん張って停戦になってはいたが、小規模な衝突はまだ続いていた。

――だけど……

『イリーナ』という名前だった異世界の女性がその国の人とは限らない。

仮にその国の人だったとして、過去を思い起こさせるようなものはどうなのか？

――たぶん……うなされているのは、戦場のフラッシュバックの可能性が高い。精神的外傷《PTSD》を負っているかもしれない。

――難しいな……

ふっ、と窓越しに外を見ると、すっかり領主館に馴染んだマクシミリアン王子がユージーンたちと雪合戦をしていた。

――あんな戦争ならいいけど……

ふうっ……と重い息が漏れる。

災害がなかったら日本も参戦していたかもしれないほど、あの頃の『世界』は揺らいでいた。

そういえば、ユージーンと王子が「俺たち、停戦したんだ」と笑顔で肩を組んでいたっけ。

俺は俺がいた世界でもそうなるように、願いを込めて箱を作ることにした。

「できました」

俺はマクシミリアン王子の帰る前の日、やっと完成した宝石箱を手渡した。

考え抜いて決めた意匠は、蓋の中央にコスモスを、手元の左右の角にオリーブを咥えた鳩を、箱の胴の部分には葡萄の蔓をぐるりと巻いた。

あとはローウェル様に教えてもらった『過去を癒す』魔法陣を内部のベルベットの中敷きの下に

入れてある。

「殿下は開けないでくださいね。王太子殿下もです。妃殿下ご自身に開けていただいてください」

マクシミリアン王子に、何度も念押しをした。

王子は黙って頷いていた。

俺は……箱の中に一枚の手紙を入れておいたのだ。

ただ一行の言葉を記して。

「――Wherever a man turns he can find someone who needs him.――」

(世界中どこであろうと、振り返ればあなたを必要とする人がいる)

俺が前世で一番心に留めていた、高名で慈愛に溢れた博士の言葉だ。

イリーナに届くかどうかわからない。

でも、はからずも転移してしまったとしても、なんとか現状に希望を見出だしてほしい、と俺は切に願う。

もしも、戦争の最中《さなか》に銃弾に倒れたとしたなら、なおさらだ。

彼女が願ったであろう『平和』がここにはあるのだから。

厳重に梱包した宝石箱を抱え、手を振って帰っていくマクシミリアン王子の背中を見つめながら、俺は弾丸を魔法で握り潰した。

この世界にはいらない。

あってはならないものだから……

それから翌年の秋まで、俺は王都には帰らなかった。

マクシミリアン王子と話はついたが、魔法の勉強も剣術の稽古もまだまだしたかったからだ。

お祖父様に何を言われたかはわからないが、父上も母上も何も言わなかった。

学園の入学を前にマナーや普通の勉強が遅れるのは危惧したが、実は王立図書館の司書長のラティス先生が週一でカーレントにやってくる。経理の書類を抱えて。

だからさぁ……

王立図書館にはいろんな書物がある。当然、いろんな魔法書もあって、ラティス先生は転移のできる魔法書を使ってやってきた。

それって職権濫用じゃないの？

『禁帯出とはいえ、たまには使わないと埃になりますから』

おーい、日本語……じゃなかった、国語の使いかた間違えてる人いまーす！

さすがに五回目にはローウェルに咎められて、専用の魔法陣を作ってもらっていた。

図書館と辺境の領主館の往復専用、いわば亜空間通路。

本当に便利だ、魔法。

勉強はユージーンも一緒にやった。ユージーンはひとつ年下だが覚えがいい。俺と同じくらい算術もできる。けど、国語とマナーが苦手。

あ、補足しておくと、言語の文法や単語の使い方は英語とほぼ同じ。「私」と「僕」と「俺」は同じ単語。微妙なニュアンスとイントネーションで使い分けるからなお難しい。

まぁ、子どものうちはあまり気にされないけど、貴族社会はうるさい。

テーブルマナーは問題ないが、ダンスがね……

…………

…………

いや、練習には付き合うけど、なんで俺がパートナーポジションなのよ。

「だって俺のほうが背が高い」

ユージーンが笑って言う。

そりゃそうだけどさ。自分より背の高いパートナーと踊ることだってあるだろ？

「交代でやろうよ～」

俺が提案するも却下。

「両方なんて覚えられない」

あっそ……

てことで、俺のリードポジの練習の相手はやっぱりニコル。ごめんな。

「上手になりましたよ」

ありがとうな、ニコル。

ちなみに、学園の長期の休みにはやっぱり兄上……となぜかマクシミリアン王子が来る。

「おぉ、リューディス！　ユージーン！」

「いらっしゃい、殿下！」

あの冬以降、ユージーンと王子はどういう訳かすごく仲が良い。

『私たちは正々堂々と勝負することにしたんだ！』

って、なんだか知らんけど、頑張ってな。隣で兄上がなにげに苦虫噛み潰してるけどな。

「こいつら懲りてないな……」

兄上が言っているけど、何のことだ？

ついでにマクシミリアン王子のご学友、ラフィエル・モントレル様やダニエル・マッカレー様、ハーミット・リンデン様も来た。

ラフィエル様はローウェル様と魔法談義に夢中だし、ダニエル様はクロードや辺境伯と剣術三昧。ユージーンとも勝負していた。

ハーミット様は週一に来るラティス先生を捕まえて質問攻め。

いや、何しに来たの？　君たち……

「息抜きだよ、息抜き」

鷹揚に笑うマクシミリアン王子、ちょっぴり大人になったみたいで眩しいです。

湖でみんなでキャンプしたり、魚を釣ったり、とても楽しい夏だった。

そしてその夏も終る頃……俺たちは硬直した。

寒さのせいではない。

秋風は吹き始めたけど、心地いいくらい。

マクシミリアン王子と入れ替わりに、あの方が来られたのだ。

ランスロッド王太子殿下、この国の次期国王様。

いつも休みが終わる直前までいる兄上が「マクシミリアン王子と一緒に戻る」と言い出し、「まもなく来るよ……」って言っていたのはコレですか。

ランスロッド王太子はやはり蜂蜜のような金髪碧眼で、マクシミリアン王子より二回りくらい大きい。文武両道の優秀なお方と聞いている。世継ぎの貫禄十分。

つまりは美男だけどやや強面寄り。

でも、辺境伯と並ぶと可愛く見える。

「久しぶりです。叔父上」

「王太子殿下もご機嫌うるわしゅう……」

この時ばかりはエントランスで出迎える辺境伯もやや緊張気味。

「この度は、このような僻地にどのような用向きで……？」

尋ねる辺境伯に王太子が穏やかに答える。

「卒業前に辺境をこの目で見たかったんです。卒業すると王宮に縛られますから……」

あら真面目。

辺境伯と向き合った顔に、『アンタが逃げるから』と書いてあるように見えたのは気のせい、気のせい。

「それと……」

なぜか王太子の目線が俺にロックオン。

「リューディス・アマーティアに直接に礼を言いたかったんだ」

いやお気遣いなく、マクシミリアン王子経由で丁寧なお礼状と王都の美味しいお菓子をいっぱいただきましたから。

「リューディス、ありがとう。妃が大変、感動していた」

サロンでお茶をいただきつつ、王太子が微笑む。

たぶんかなりご機嫌はいいんだと思うが、表情筋が死にかかっている感。

「ようございました……お力になれて光栄です」

俺は表情筋にカツを入れて気合いの微笑み返し。

妃殿下は箱が届いてから、ほんの少しずつだけど、笑顔を見せてくれるようになったという。ヨカッタネ。

「それで、リューディスに改めて頼みがあるんだが……」

「はい？」

ナンデショウカ……？

「妃に会ってほしい」

はい？　いや、それはまずいでしょ。無理。

だって……

「妃殿下は王太子宮の後宮にいらっしゃるのでは？」

確か部外者立ち入り禁止よね、後宮って。

「あの……僕も一応、男なんですけど……」

おずおずと申しあげる俺。

「わかっている」

なんか、ライオンの唸り声がしたような気がするのは空耳？

「だが妃がリューディスに会いたいと言うのだ。リューディスと話がしたいそうだ」

「話……？」

こてん……と首を傾げると、ナゼか胸を押さえて俯く兄上とユージーン。

大丈夫？　なんか悪いものでも食べたの？

そして平然と話を続ける王太子。

「婚儀の前に気持ちの整理をつけておきたいと言っている。……私ではダメだと言うのだ。リューディスでなければ話せないとな」

睨みながら唸らないで王太子、俺を食べてもまずいから、肉、ないから。

まだ死にたくないよぉ～。

「特例で会わせる。私は何より妃に晴れやかな気持ちで婚儀に臨んでほしいのだ」

優しいんだよな、王太子。見た目怖い人ほど、実は優しいって本当かもな。

「では……」

兄上が神妙な顔で王太子に提言する。

「日時を決めてリューディスを王太子宮の庭園に転移させましょう。庭園ならば殿下にも私たちにもあらぬ疑いはかかりますまい……」

うむ、と頷く王太子。

兄上すごい。実は猛獣使いだったの？

「それでは詳細は後ほど打ち合わせることとして……」

それからしっかりがっつり辺境を視察して帰った王太子。

真面目か。

夕日に照らされた王太子と辺境伯、ふたりの後ろ姿はまさに金獅子と黒獅子。

辺境伯は髪は赤いが、御召し物はほとんど黒。

──ローウェルの色だから。

満面の笑みでおっしゃる、ハイハイご馳走様です。

ということで、俺はランスロッド王太子と兄上の学園卒業前、冬の休みの前に王都へ戻ることになった。

余談だが、王太子は兄上を側妃にしたかったらしい。

しかし兄上は徹底拒否。

寮に立て籠りまでしたそうだ。

理由は「リューディスに会えなくなる！」の一点張り。

……父上も母上も、俺の家出に「こいつもか……」と思ったそうだ。
血は争えないねぇ、兄上。

第七章　王太子の来襲

秋祭りの後、たくさんの実りを抱えて俺は王都に戻った。

王太子妃との対面が秋の園遊会の日に決まり、ローウェル様に赤ちゃんができたことでカーレント家は一気に忙しくなった。

赤ちゃんができた、と言っても前世の地球のような妊娠とは違う。

結婚の誓いをした時に、教会から『愛の結晶』という虹色の宝珠を貰うが、両親となる者がこの宝珠に祈ると宝珠の中に小さな赤ちゃんの核が生まれる。

ただし、ただ祈ればいいのではなく、両親の魔力が存分に混じり合っていることが必須条件だ。

赤ちゃんの核は少しずつ育って、一月《ひとつき》くらいで母胎となる人の身体に入る。

その時、母胎になる人のお腹には魔法陣のようなものが浮かび上がり、出産まで問題がなければ、そこから赤ちゃんが出てくる。母胎に入るのも出てくるのもその魔法陣から。

だから特にお腹が大きくなることはなく、ローウェル様いわく、亜空間の羊水の中にいる赤ちゃんと臍の緒が繋がっている感じ。

ただ、その亜空間の子宮みたいなものを維持することと赤ちゃんを育てることに、すごく魔力を消耗するので、魔力の少ない人は大変だそうだ。

なので元来魔力の少ない女性は肉体に備わった子宮で子どもを育て、地球と同じように出産する場合もある。

実はそのほうが母子ともに負担が少ない。

だから、確実に子孫を繋ぎたい王家や高位貴族は女性を配偶者に娶る。

面白いのは、同性の伴侶の場合、夫夫《ふうふ》のどちらの腹に魔法陣ができるか、どちらのお腹に宿るかは、赤ちゃんの核が選ぶ。だから厳ついガチムチのお父さんぽい人のお腹に入ることもあるし、別々のお腹から兄弟が産まれてくることもある。

ローウェル様いわく『基本的に赤ちゃんは魔力の安定しているほうに宿るから』だそうだ。

ちなみに女性同士でも、魔力によるこの懐胎は理論上は可能らしいが、まだ前例はないらしい。絶対数が少ないからな、無理はない。

辺境伯の魔力は大きいが、《雷》と《火》の属性が強いから魔力が安定しづらい。王家の男性はそもそも赤ちゃんを宿しづらい属性の魔力なので、赤ちゃんを産んでくれる人、つまり嫁が必要なんだそうだ。

ローウェル様のお腹に赤ちゃんの核が宿った時は、ユージーンはもう大喜びで万歳しまくっていた。辺境伯は照れていたが、やっぱり嬉しそうだった。

こちらの出産までの月日は約八か月。核ができてから一月《ひとつき》は胎外にいるから、合わせて九か月。地球よりちょっと短い。

俺は辺境伯に赤ちゃんが産まれたら金糸の刺繍入りの産着をプレゼントするつもりだ。靴下も編んでみようと思う。たぶん、ワンセットくらいなら間に合うよな？

ということで王都のアマーティア公爵家の屋敷に帰ってきた俺だが、父上から特段のお咎めはなし。

母上は部屋に挨拶に行った俺を上から下までしみじみ見つめ、大きな溜め息。

「こんなに逞しくなって……」

絶対それ誉めてないよな？

心底ガッカリした表情。

まあそうだろうな、ざまぁだぜ。

あなたの息子の成長ぶり、どうよ！

だがしかし……

「大丈夫ですよ、奥様。細いことは細いですから、むしろ貴公子然としてレースもリボンも映えますよ」

「そうね。そうよね。可愛いさは相変わらずですもの」

しょんぼりしてたはずなのに、母上ときたら傍らのマリーが慰めると、あっさり気を取り直してしまいやがりました。

くくうっ……！

絶対、ガチムチになってやるからなっ！

俺が戻ってきた日は兄上も寮から帰宅して、ものすごく久しぶりに家族で晩餐を取った。

俺がお土産にもらってきた魔獣の肉は絶品だったらしく、ほとんど無言で食らい尽くす我が両親。食い意地が張っているのは親譲りだったらしい。

なかば呆れ気味の息子たちの視線に気づいて、我に返った父上。

コホン……と咳払いもわざとらしい。

「まったくお前たちときたら、どうしてそう結婚を嫌がるんだ？」

結婚が嫌なんじゃありません。嫁に行くのが嫌なんです。

意味違うから！　ついでに言えば、日本じゃ俺はまだ小学五年生くらいよ？　小学生に結婚勧める親がどこにいるのさ。……あ、某地域にはあったか。国際的に非難されているが。

「そうよ。せっかく綺麗な顔に産んであげたのに……」

あのな、母上……

「「そういう問題じゃありません！」」

見事にハモる俺と兄上。

「しかしまぁ……父上が探している子どもが見つかるまでは、周囲はお前がマクシミリアン殿下の婚約者と思うだろうから、それは心しておけ」

父上がピンと指を立てて言う。

本当に迷惑。けどまあ仕方ない。

「お祖父様が探しているというその子は何者なんですか？」

兄上が優雅にナプキンで口元を拭いながら尋ねる。ついでに俺の頬っぺたのソースまで拭かないで。さすがに恥ずかしい。

「お前たちのお祖父様には兄上がいらした。それは知ってるだろう？」

「はい」

頷く俺と兄上。

父上の話によると……

お祖父様の兄上、俺たちの大伯父は公爵家を継いだが、若くして亡くなった。

その妻であった女性は異国の王族に連なる人で大伯父様の死後、母国に帰った。

「その時には、子どもがひとりいたんだ」

「子どもがいたのに、なぜ？」

尋ねる俺たちに父上は、少し戸惑い気味に続けた。

「その子は女の子だったらしいんだ……」

「女の子ぉ？」

大伯父様の夫人は南の小さな島国の王族の縁者で、その国には比較的女性が多かったらしい。

「おそらく、女性が激減する原因になった疫病がその国までは及んでいなかったのだろう。……だから、夫人は娘を連れて母国に帰った。安全に育てるために……」

俺が今住んでいる国のある大陸では疫病の影響が大きかったため、女の子はすごく産まれにくく、育ちづらい。

「じゃあ、その子の子どもはまだ南の国にいるのでは？」

兄上の言葉に父上が悲痛な面持ちで首を振った。

「その国はもうないんだ。……滅ぼされてしまったのだよ、帝国に」

帝国というのはこの大陸で一番大きな国だ。

幸いこのフランチェット王国と国境は接していないが、周辺の国はかなり恐れている。

「帝国はこの国よりも疫病の被害が大きかった。この国よりすさまじい勢いで女性が減っていたから、帝国の威信を保つためにその南の国を攻め滅ぼして、女性たちを帝国に奪い去ったんだ」

男たちはほぼ皆殺しにされたという。

「お祖父様の記憶では、夫人はピンク色の髪をしていたというんだ。そして、その瞳、虹彩には星があった。南の王族の証だと夫人は言っていたそうだ」

「じゃあ……」

「お祖父様は亡くなった兄上の孫ではないか、と思ったらしい。……もし違うにしても、南の国の王族の末裔だ。我らが保護すべきだ……とね」

兄上はわずかに眉をひそめた。

「ほかに……南の王族の末裔はいないんですか？」

父上は虚しく首を振った。

「今のところ……確認されていない。お前たちの母はわずかに血を引いてはいるが……」

「かなり前の世代ですからね……」

母上も哀しそうに言った。

「もしや、あの姫は……」

「そうだ。帝国の貴族の側室になった南の王族の子だった……」

兄上の問いかけに父上が首肯した。

俺は知らなかったが、兄上には小さい頃、帝国の貴族の娘の許嫁がいた。

けれどその子は三歳にもならないうちに亡くなってしまった。兄上にずっと婚約者がいないのは、そのせいもあった。

「一度も会ってないんだけどね……」

帝国は疫病の蔓延の仕方がひどく、同性でも子どもを授かる魔法を編み出したのも帝国だった。異世界から女性を召喚することを考え出したのも帝国だった。

「帝国はなんでそんなに疫病がひどいんですか？」

う～んと唸る父上。

「それがわからないんだ。一説には帝国の領内の風土病という説もあるんだが……。とにかく他国の者に領内を調査させないからなぁ」

「難しいんですね」

「難しいんだ……」

俺はマクシミリアン王子の言っていた、ミシェルというその子が早く見つかるといいな、と願った。

秋も深まってきた頃、俺たちはランスロット王太子殿下主催の園遊会への招待を受けた。

園遊会と言っても招待客は兄上と俺、それに王太子の側近。側近はパートナー同伴で、俺は兄上のパートナー代わりという体裁。

王太子宮の庭園の奥深く、薔薇《ばら》園のガゼボに兄上に手を引かれて忍び込む俺。

薄紅の薔薇《ばら》が大理石の柱を彩るその影のベンチに肩を寄せ合うふたつの影。その眺めはさながらかの有名なアニメのよう……何とは言わない。察して。

「カルロス・アマーティアにございます。王太子殿下、妃殿下、弟を連れてまいりました」

兄上が胸に手をあてて、優雅にご挨拶申し上げる。

その後ろから一歩出て、兄上に倣って挨拶。

「リューディス・アマーティアにございます。お召しにより参上いたしました」

「よく来てくれた。面を上げよ」

王太子の許しを得て顔を上げる。

「妃のイリーナだ」

王太子がそっと手を携えていたのは、麦藁色の淡い金の髪に薄い青色の瞳、知的な雰囲気の漂う典型的な北東欧タイプのスラブ民族の女性だった。

——やっぱり……かな？

俺は胸の内の動揺を押さえ、挨拶の言葉を口にする。

「お目にかかれて光栄です。妃殿下」

「あなたが、あの宝石箱を作ってくださった方？」

「左様でございます」

ふと合った瞳には言い知れぬ哀しみが漂っていた。いまだに深く傷ついていると見て取れる。

「ふたりきりでお話がしたいのだけど……」

王太子はやはり躊躇《ためら》いの表情を浮かべた。

さもありなん。未婚の男女ですからね、一応。俺は十一歳の子どもだけど。

「少しだけ離れてくだされればいいの……」

話が聞こえない程度の距離があればいい、ということか。

ならば遮音魔法を使えば、外のすぐ脇のベンチでもかまわない訳だ。

「外のベンチにいてくだされば……」

周囲には認識阻害の魔法をかければいい。兄上が黙って頷いた。

「では、そこで待っているよ……」

王太子と兄上がガゼボから出たのを確認して小さく指を鳴らす。これで音は外には漏れない。

俺は改めて妃殿下に向き直った。

「何なりとお話しください、妃殿下。……魔法を掛けましたのでお声は外に漏れません」

細い首がこっくりと頷く。痩せた、というよりやつれた感がある。

「まず……お礼を言うわね。宝石箱をありがとう。そしてあのメッセージ……」

彼女はまっすぐに俺の顔を覗き込んだ。

「貴方も地球の方ね……どこからいらしたの？」

俺の今の容姿からやはり北欧系の人間と思ったらしい。

「僕は……転移者ではありません。この世界に生まれて育ちました」

俺が答えると、彼女は不思議そうに目を細めた。

「では、なぜ……？」

「転生したのです。……地球から。明確な記憶を持って」

彼女の顔に落胆の色が走った。まぁ致し方ない、俺はもともと欧米人ではない訳だから。

「妃殿下……お話を聞かせていただけますか？　……貴女はどちらから召喚されたのです？」

俺はできるだけ丁寧に、言葉を選んで尋ねた。

「私は……ヨーロッパの小さな国にいたわ。そこはずっと戦争になっていた。何年も何年も……。周辺国の侵略を受け続けていたの」

彼女は唇を震わせ、呻くように言葉を口にした。

「私は……主人と一緒に志願して軍隊に入り、敵と戦っていた。……ある日、空襲があって……。私たちは必死で応戦したけど、戦闘機相手でしょ？　機銃掃射で主人が撃たれて私の目の前で死んだわ。……私は必死で機関銃を撃ち続けた。……でも弾を補填しようとした時、ミサイルが発射されて……辺りが真っ白になって……死んだと思ったの」

「そして、気がついたらここにいた？」

彼女はこっくりと頷いた。

「ご結婚なされていたんですね……」

「子どももいたわよ。五歳と七歳。……あの日は三十二歳になったばっかり。……この身体は半分くらいの年齢になっちゃったみたいだけど」

彼女は自嘲するように小さく笑った。

俺は聞こうか聞くまいか迷ったが、彼女は自身で話を続けた。

「子どもたちは……戦争が始まって、私たちの住む街に戦火が及ぶ前に避難させたの。知人がいたから。……砲弾の届かない海の向こうへ」

「海の向こう？」

「ニッポンよ。……友達がニッポンの文化にはまって移住していたから。母と子どもたちを託したの。父はもういなかったから」

俺は息を呑んだ。

だが、あの災害で外国人の被災者は確認されていなかったはずだ。俺が殉職するまでは。

「あの子たちが心配なの。……逃げのびた先の国まで戦火に巻き込まれていたら……。せっかく逃がしたのに」

彼女は両手で顔を覆った。あちらから王太子が不安げに覗き込んでいる。

「失礼ですが、お友達は日本のどちらに？　……避難されたのはいつ頃ですか？」

俺は意を決して尋ねた。

「キョートに住んでいるって……避難させたのは……」

その年月を聞いて、俺は胸を撫で下ろした。

「ならばお子さんたちは無事です。少なくとも俺が死ぬ時までは……」

彼女はギョッとして目を見開いた。

「貴方が亡くなられたのはいつ？」

「貴女のお国が停戦に至った後です。……十数年後になります」

「どういうことなの？」

「おそらくは『転移』も『転生』も地球的な時系列で起こる訳ではないらしいんです……」

記録を見る限りでは、異世界から召喚された女性たちはランダムに転移してきている。

というのも、以前の世界からもたらされた文化や知識が前後しているケースが多く見られるのだ。

「そもそも宇宙物理学などでは、時間は未来へと一方方向に流れてはいないという説もあります。三次元での物理的な時間は三次元でのみ存在して、そこを外れると時間も質量もない領域になると……」

はっ……と気づくと彼女がポカンとして口を開けていた。

「貴方は……地球では何をなさっていたの？」

彼女は不思議そうな眼差しで俺を見つめた。

「俺は……日本人でした。自衛隊にいて……災害の救難現場で殉職しました」

俺はすっ……と立ち上がり、敬礼して見せた。

「ニッポンの方……だったのね」

彼女はほうっ……と息をついた。

「じゃあ、あの子たちは無事だったのね。……私の祖国は独立を守ったのね」

俺はこっくりと頷いた。

彼女が亡くなってから俺が死ぬまでの十数年の間だが、確かに戦争は終わっていた。

「話せてよかった……」

彼女はふぅ……と肩を降ろして小さく微笑んだ。

そして、心配そうにこちらを窺っている王太子を見た。

「あの方は……なぜか亡くなった主人と似ているの。……転生、したのかしら」

あらま……そういう理由がありましたか。

「そうかもしれませんね。……誰もが前世を思い出せるとは限りませんし……」

俺は小さく肩をすくめて見せた。仏教では誰もが輪廻転生する。どこへ……は、誰もわからない。

「ありがとう。少し心が楽になったわ」

彼女の手が、俺の贈った宝石箱をそっと開けた。

「今はまだ、あの国を、祖国を忘れることはできないけど……」

そこには真っ青な空とどこまでも続く大地に実りが黄金色に揺れていた。

「またあの国に生まれることもできるかもしれないわね」

そうして、妃殿下と俺の対話は終わった。

お互いに『内密に』と約束を交わして遮音を解くと、彼女は軽やかな足取りで王太子に歩み寄り、美しいカーテシーを見せた。

「イリーナ……」

「ありがとうございます、殿下」

その微笑みは生気を取り戻しつつあった。

きっと彼女は王太子妃として新しく生きる、俺はそれを信じたい。

「ご苦労様」

遠ざかるふたりを見送っていた俺の背を兄上が、ぽん……と叩いた。

「何を話していたんだ？」

「内緒です」

俺の『過去』は、まだ終わっていないから……


その年の冬の祭は、今までになく賑やかだった。

今年は俺も王宮の祝賀パーティーへの招待を受けた。

普通、未成年は王宮の祝事に招待されない。皆、招待された親のおまけで付いてくる。

けれど、今年はアマーティア公爵家に公式に三通の招待状が届いた。

両親宛てのほかに兄上と俺、それぞれに正式な招待状が届いたのだ。

兄上と俺の招待主はランスロッド王太子だった。これには両親もかなり驚いた。

王太子妃の一件に対する礼としての招待だが、あの案件は極秘の最高機密だ。宰相の父上にだって教える訳にはいかない。

まぁマクシミリアン王子の『ぜひ来てね』的な一文が添えられていたから、兄弟から兄弟への招待という体裁で、なんとか兄上が話を上手く運んでくれた。

母上は喜ぶついでに大慌てで仕立て屋を呼び、俺の礼服を誂《あつら》えるように命じた。

なにせ伸び盛りの成長期である。一年以上袖を通していないジャケットもズボンも袖や裾丈が足りなくなっていた。つまりは『つんつるてん』というやつだ。

母上的には想定の範囲内だったらしいが、家にあったシャツブラウスが軒並み着られなくなっていたことにかなりのショックを受けていた。

いや全く着られない訳ではない。きっついのだ。袖も身ごろもパツパツで腕を上げたら即、破けるし、胸のボタンなんか今にも弾け飛ぶ。

あえて言うけど、腹じゃないからな。胸だからなっ！

母上ってば、シックスパックまではいかないけど、しっかり割れた俺の腹の筋肉を見て突然、よよ……と泣き伏した。

「リューディスが男の子になっちゃった……！」

俺、最初から男なんですけど……

マクシミリアン王子からエスコートしたいと申し出もあったが、丁重にお断りした。

せっかくなかったことにした婚約話が蒸し返されたら困るし、そうでなくても周囲に誤解される。

勝手に思い込まれて既成事実化されるのはまっぴら御免だ。

俺は真新しい礼服に身を包み、両親と兄上とともに馬車で王宮の門をくぐった。

一応、俺のエスコートは兄上だが、エスコートというよりは引率者って感じだ。

なぜなら俺の礼服は以前のものよりかなりスッキリしていた。フリルは極力控えめ、ジャケットの色も紺に近い深い青紫色。襟や袖の金糸の刺繍もシンプルに抑えてもらった。

スタイル的にはほぼ兄上とお揃い。これが一番嬉しい。

髪もリボンだけどキリリと結んで、男前寄りにした。

したはずなんだが……

「可愛い！」とか、「綺麗な子ね～！」とか……

王様に集団眼科検診を提案しよう、うん。


「よく来てくれたね」

「お招きいただきありがとうございます」

まずは兄上に手を引かれ、両親とともに主催の王様と招いてくれた王太子にお礼の挨拶。もちろんマクシミリアン王子も一緒に並んでいる。

「ふむ、少し大人びて、美貌に磨きがかかったかな？」

「ありがとうございます…………？」

王様も眼科検診受けます？　老眼の。

居並ぶ貴族たちが次々に挨拶する中、見慣れた姿が目に入った。

手早く挨拶を済ませた赤い髪が、たたたっ……とこちらに駆けてくる。

「リューディス！」

「ユージーン！」

「「久しぶりっ！」」

さっと互いに敬礼してニカッと笑う。

どうよ！　このコンビネーション。

兄上と辺境伯がちょっと苦笑いしているが、ほかの人は気づいてないからオッケー。

俺たちはご挨拶ミッションを遂行し終え、隅に設えられた椅子に座って歓談しながら軽食を手に取る。

「いい子にしてるんだよ」

兄上がとっておきのスイーツとアップルタイザーをふたり分、侍従にオーダーしてくれた。

ん〜美味しい。

あっちの隅のほうで派手派手令息がふたり、こっちを見てはひそひそしてるが気にしない。

「辺境伯様がパーティーにちゃんといるなんて珍しい。しかも今日はご子息連れだ」

大人もひそひそ。

確かに、巷では辺境伯は挨拶が済んだら秒速で消えるという評判。

いつも王様が捕まえ損ねて地団駄踏んでるとかいないとか……。本当にレア。

「辺境伯様、どうしたの？」

ユージーンにこっそり耳打ち。

「実はね……母上がね……」

カーレント家は今、赤ちゃんが生まれて大忙し。産後のお母さんはやはり赤子に魔力を大量に吸い取られ、かなりお疲れになるらしい。

「母上は今、赤ちゃんの世話で手一杯だから、父上はあんまり構ってもらえないんだよね……俺もだけど」

でも、すっごく可愛いんだぜー、とユージーンは最高の笑顔であれこれ話してくれる。

念願だったもんな。お兄ちゃんデビュー、おめでとう！

「昨日もさぁ……父上ってば母上を怒らせてさ。しばらく帰ってくるな！　って言われちゃったんだよね……」

あらら、それは大変。

「俺までとばっちりだよ」

ユージーンがペロッと舌を出して肩をすくめる。

腕白坊主（大）と腕白坊主（小）だからなぁ……

「ならば家においで、ユージーンくん。リューディスが世話になったお礼だ」

珍しく人のよさそうな笑顔でのたまう父上。

「いいんですか？」

「もちろんだよ」

気持ち悪いほどニコニコの父上。もしや……

「父上、辺境伯様は？」

こっそり尋ねると、悪〜い顔で微笑んだ。

「王宮にお泊まりいただく」

もしかしなくてもカンヅメってやつですね。お気の毒。

「自業自得だ」

そこまで言いますか、宰相閣下。


「リューディス、ダンスタイムだよ」

楽しく語らっているうちにフロアには優雅なワルツの調べが流れてきた。

マクシミリアン王子が例のキラッキラの王子様スマイルで手を差し伸べる。

「リューディス、踊ってくれるかい？」

え？　殿下、ファーストダンスですよね。

それヤバくないですか？　なんか視線が突き刺さるんですが、あっちの端のほうから。

「いえ、殿下はお立場がありますから。リューディス、私と踊ろう」

「ダメ、リューディスは俺と踊るの！」

どこからか現れた兄上がサクッと王子の手から俺を奪ってホールド。

それを立ち上がったユージーンがカットにかかる。

お見事な三竦み状態。

寒いんだか暑いんだかわからない異常気象が局所的に発生しております。トホホ……

「何やってんだ、お前たち？」

いかにも呆れたという声音に振り向くと超機嫌が悪そうな辺境伯。

あー、もう王様に仕事を振られたんですね。

「リューディスとダンスを……」

誰かが言いかけたところで、辺境伯がニヤリと笑った。

「じゃあ踊ってやろう」

兄上の腕から引ったくられ、ホールドどころかお姫様抱っこでフロアの真ん中に拉致されました。

「な、何をするんですか？」

狼狽《うろた》える俺にニヤニヤ笑って辺境伯が囁く。

「デビュタントなんだろ？　リューディスの『初めて』は俺が貰ってやるよ」

こ、子どもの前で、そんないかがわしい表現をしてはいけませんっ！

すました顔で、俺の手を取って踊り始める辺境伯。

背後から、「「「あーっ！」」」という悲痛な叫びが、三つ……より多くね？

俺、知らない誰かも敵に回した⁇

辺境伯は余裕で一曲を踊り終え、俺を兄上に返した。

それからは兄上、マクシミリアン王子、ユージーンのローテーションで踊った。

けど、誰も俺にリードさせてくれない。

しょぼん……

その時、目の覚めるようなブルーのドレスの女性が俺の手を取った。

顔を上げると……王太子妃⁉

口をパクパクする俺に王太子妃は薔薇《ばら》色の唇に指をあて、パチンとウィンクした。

焦って目線で王太子を探すと、こちらを見て小さく微笑み、無音で何かを呟いた。

――ご褒美だよ。

「さ、踊りましょう」

薔薇《ばら》園で会った時よりもっともっと晴れやかな笑顔で、王太子妃は俺を誘った。

――そうか、みんな知らないんだ……

王太子妃は婚儀まで人前に姿を現さない。その顔を知っている人間はごくわずかだ。

王太子は妃の笑顔が戻ったご褒美に、俺に王太子妃と踊る一時をプレゼントしてくれたのだ。

「本当にありがとう。あなたも幸せに……」

耳元でひっそり囁いたその言葉は、何より俺の心に沁みた。

一曲が終わり、王太子妃の手が俺から離れた時、歓声とともに王宮の庭園から眩しい光と大きな音が降り注いだ。

「花火だ！」

誰かが叫び、俺たちも一目散にバルコニーに走り寄った。

「綺麗……」

王国の冬の空に浮かぶ色鮮やかな光の乱舞に、みんなうっとりと見とれた。

もちろん、俺も、兄上も、ユージーンも。

清んだ冬の空に咲いた光の花は、本当に綺麗だった。

冬の祭から一月《ひとつき》近く、俺はユージーンと一緒に王都のアマーティア家の屋敷で過ごした。

ユージーンはまず王都にほとんど雪が降らないことに驚き、人の多さに驚き、何より両親が夜遅くなっても帰ってこないことに驚いた。

「父上は宰相だから忙しいんだ」

俺たちはベッドの上で寝っ転がりながら話すともなく喋っていた。

「父上はわかる。……けど母上もだろう？」

「まぁ社交も仕事の一部なんだろうな、あの人には」

王都の貴族の夫人は忙しい。

夜会にお茶会、誰かのパーティー、観劇にコンサート。

よくもまぁそんなに予定があるもんだ、とは思う。

ちなみに時々、俺の家でもお茶会や夜会を開いている。

俺たち子どもは蚊帳の外だけど。

「うちの両親も忙しいけど、夜は大概家にいるぜ？」

「まぁ、そうだけど……」

辺境では常に魔獣の襲撃に備えなければいけない。領主館は司令本部みたいなものだ。だから逆にホイホイ遊んで歩く訳にはいかない、と辺境伯が教えてくださった。

「でも冬の魔獣討伐の時はみんな出かけるだろう？」

「誰かは残る。大概、メルシェ様だけど」

ユージーンはメルシェ様をお祖母様とは言わない。

メルシェ様は辺境伯の産みの親だけど同時に前辺境伯でもある。祖母であり祖父でもあるのだ。

本当の祖父は前の王様だが。

「俺が赤ん坊の時はメルシェ様に背負われて、一緒に討伐にも連れていかれたよ」

「えーっ？」

本当にワイルドだな、辺境伯家。ユージーンが歩けるようになるとかえって危ないから留守番になったんだって。辺境伯と逆パターンだな。

よっぽど懲りたんですね、メルシェ様。

「俺は魔力もそんなにないしな」

ユージーンがちょっと口をへの字に曲げて言う。

「魔力測定行ったんだけどさ。水晶玉、割れなかったし……」

はぁ？

「父上も母上も割れたって言ってたのに……」

待て、待て、待て……

それ違うから。基準が違うから。割るためのものじゃないから。

「普通は割れないよ。……僕も割れなかったし、兄上も割ってはいないと思う。光ったんだろ？」

「うん、教会の中、真っ白になった」

「すごいじゃん……」

辺境伯夫夫《ふうふ》が規格外の化け物なだけで、ユージーンは一般的にかなりすごい。

俺は改めて、言葉を選んでユージーンに言い聞かせた。

「そっか……」

ちなみに兄上に辺境伯夫夫《ふうふ》の話をしたら目を剥いてました、はい。

「そういえば、ユージーンは冒険者登録、したの？」

「したよ」

ユージーンは胸元から小さな金属欠片のペンダントを引っ張り出した。

ギルドタグ……俺の憧れ……くすん。

「見たい？　俺のスキル」

ユージーンがニッカリ笑う。

「見たい」

俺は素直に頷いた。

「でもいいの？」

「リューディスだから大丈夫」

ユージーンはそう言って、タグを空間にかざしてオープンと呟いた。

名前：ユージニア・カーレント
年齢：十歳
居住地：カーレント辺境領
ランク：F
生命力：A
魔　力：A
筋　力：A
耐久力：B
俊敏性：A
知　力：B
魔法属性：火（Lv.30）風（Lv.30）水（Lv.20）土（Lv.10）無（Lv.10）
適　性：射手《アーチャー》
スキル：可燃物取扱、危険物取扱、特殊機器操作、魔獣操作、防護魔法（Lv.10）、サバイバル術（Lv.50）、剣術（中級）、弓術（上級）、体術（中級）、斥候、救援救護、育児

特　性：パートナーシップ、国の守人、ＪＧＳＤＦ

俺は思わず息を呑んだ。

――ユージーンも……しかも……

「これって……」

俺は思わず、映し出されたユージーンのスキルの最後のアルファベットを指差した。

「あぁ、リューディスにもあったんだよな。母上がやっぱり首を捻ってたよ」

「意味わかる？」

俺は尋ねる声の震えを抑えきれなかった。

が、ユージーンは首を捻ってアッサリ言った。

「わかんねぇ……何か悪いことなのか？」

「そうじゃなくて……」

俺は口をつぐんだ。

ユージーンも転生者だった。

しかも俺と同じ陸自だ。

――けれど……

ユージーンは前世の記憶を思い出していない。

スキルを見ると野戦科か高射特科だろうか……。俺は情報科だった。

——時代も、所属隊もわかんないしな……

日本の陸上自衛隊が創設されたのは地球の一九四五年だ。俺が入隊したのはそれから一世紀、百年近く経っている。

それまでに何万人もの隊員が入隊して、退役している。

俺は入隊三年目で水陸機動団に抜擢され、祐介ともそこで出会ったが、水陸機動団自体が二〇一八年の創設だからかなり新しい。

でも……

「やっぱり仲間だな、ユージーン」

「うん！　仲間だね！」

記憶がなくても、年代は違っても、同じ国のために尽くした仲間だ。

「実はさ……」

ユージーンがこっそり俺に耳打ちした。

「父上のタグにもあるらしいんだ。あの読めない文字……俺は見たことないけど」

えーーーーーーーーーーっ！

落ち着け、落ち着け、俺。

いや。見たことないなら同じとは限らない。海上自衛隊《JMSDF》かもしれないし、航空自衛隊《JASDF》かもしれない。ひょっとしたら外国の軍隊かもしれない。

たとえ陸自でも絶対士官クラスだ。陸将とかそういう人だ。幕僚長だったりするかもしれない。

脳裏にふと、俺たちの上官、香取団長の顔が浮かんだ。

やっぱり強面で厳しくて、でも優しい人だった。部下を自分の子どものように可愛がってくれた。

――ない、ない、ない……！

俺はぷるぷると頭を振った。

――でも……

やっぱり転生者であることには変わりない。

俺はなぜか、すごい安心感に包まれた。

その後、安心しすぎてユージーンと夜遅くまで枕投げをしてはしゃぎ、兄上にこっぴどく叱られたが。

ついでに言えば、俺は辺境伯の話は俺の中で封印した。

だって、上官だったら怖いもの。

第八章　兄上、卒業おめでとう！

こんにちは、リューディスです。

俺は今、呼び出されております、校舎裏。

あえて言いますが、俺はまだ就学前児童です。

なんで、そんなところに呼び出されているかっつーと……

今日は兄上の卒業式でした。

俺は両親に連れられて父兄の席に座っておりました。来年の入学前に学園見学です。

ちなみに壇上では学園の国王陛下が祝辞を述べ、卒業生を激励しました。

えっへん！　俺が表彰されたんじゃないが、とても誇らしかった。

卒業生代表で王太子が答辞を読み、次々に生徒が卒業証書を受け取っておりました。

どこの世界でも変わらないこの風景、胸にジーンと来るものがあります。

ちなみに兄上は学業優秀で、表彰も受けました。えっへん！

夕方には卒業記念パーティーがあり、兄上たちは紺ブレザーの制服から礼服に着替えて成人のお祝いをする訳です。

その数時間の間、俺は暇なので、園内を見学。

そして知らないお兄さんから唐突にメモを手渡され、校舎裏に呼び出された訳です。

で、今ここ。

目の前にいるのは、屈強な悪そうなお兄さん……ではなく、内気そうな気の弱そうなお兄さん。

チッ、つまんねぃ。

「お兄ちゃん、何のご用事ですか？」

こてん、と首を傾げてぶりっ子、キラキラ眼でお尋ね。あー背中が痒い。

目の前のお兄さん、顔を赤くして、ぶつぶつ……

――こんな小悪魔に……ー

って、知らんわ。無理してやってんだからな。早く要件を言え。

「カルロス・アマーティアに近づかないで！」

へ？

「君、カルロスのいったい何なの？」

ややテンパり気味のお兄さん。それは俺が訊きたい。

「パーティーに行っても、カルロスの傍にいっつもくっついて、あの人に笑いかけてもらって……僕なんか声も掛けてもらえないのに！」

あー、もしかしてこれはアレですか？

「……弟ですけど？」

「え？」

「カルロス・アマーティアは僕の兄です。僕は弟のリューディス・アマーティア」

「……弟？」

父兄席見てなかったんかい、兄ちゃん。

「てっきり付き合ってるのかと……」

そりゃあ生まれた時からの付き合いだけどさ。

よく考えてよ、俺が兄上の恋人なんて言ったら兄上はかなりのロリコン、もといショタコンよ？

悪いけど、兄上、そこまでひどくないから。ブラコンの疑いは濃厚だけど。

「じゃあいい……ごめんね」

とぼとぼと立ち去ろうとするお兄さん。

ちょっと待ったぁー！

人を呼び出しておいてそれはねぇだろ。名前も聞いてないぞ。

「待って……」

俺はお兄さんの上着の裾をはっしと掴んだ。

「お兄さん、うちの兄上を好きなの？」

「そ、そんなんじゃ……」

茹でダコみたいに顔を赤くして、今さら何言うとんねん。

「ちょっとお話しよ……」

うるうるお目めで見上げる。パーティーまで俺も退屈だしな。話聞いたるわ。

で、その辺のベンチに腰掛けて、そのお兄さんが語るには……

お兄さんの名前はアルフォンソ王子のご学友、ザ・学者様のお兄さん。

なんと、マクシミリアン・リンデン。

そういえばなんとなく似てる。

「僕は不出来だから……」

俯くお兄さん。いや、そんなこと訊いてねぇし。

ザ・学者様の兄上、アルフォンソ様は兄上の同級生。

間に騎士学校に行った弟がもうひとりいるそうだ。

「僕は公爵家の長男なのに出来が悪くてひ弱で……カルロスがとても羨ましかったんだ。いつも眩しくて……」

確かに兄上はいつもキラッキラです。たまにブリザード吹かせますが。

でも同じ学年で同じクラスなら日常会話くらいするでしょ。

それとなくアプローチくらいできるでしょ。

「そんな……僕なんかが話かけたら畏れ多いし、きっと迷惑だし……」

あーあーあー。

校舎の陰から憧れの人をそっと見守るタイプね。それで思い余って、間違って弟を校舎裏に呼び出しちゃった訳ね。陰キャなのね。兄上のこと大好きなのね。

「告白しちゃえばいいのに」

「ダメだよ。僕なんかブサイクだし、何の取り柄もないし」

言われてよくよく見れば、綺麗な顔してるじゃん。顔立ち整ってるし、エメラルド色の瞳がとっても魅力的。俺に飴をくれたけど、その指先だって白魚のよう。

自信なさすぎじゃない？

「魔法、できるの？」

歯痒い。俺はちょっと退屈してきた。

「ちょっとだけ……。つまんないよ？」

アルフォンソはとっても澄んだ声で詠唱した。

……と、たくさんの鳥たちが寄ってきて、謳《うた》い始めた。

「すごいや……」

「何の役にも立たないけどね」

自嘲するアルフォンソ様。

いや、俺は感動したぞ。

決めた。動物に好かれる人に悪い人はいない。

俺は飴玉をころころ口の中で転がしながら、さりげなくブレスレットをいじった。

「リューディス！」

信号を送ったら、さっそく兄上が走ってきた。

「兄様！」

俺は逃げようとするアルフォンソ様の上着の裾をしっかり押さえた。逃がしませんよ。

「大丈夫か？」

「んー、ごめんね。退屈で歩き回ってたら、迷子になっちゃったの。このお兄さんが一緒に待っていてくれたの。歩き回ると危ないからって……」

俺の小芝居に口をパクパクするアルフォンソ様。余計なことは言わんでよろしい。

「ありがとう、君は……。リンデンくんだっけ？」

「あ、アルフォンソ・リンデンです……」

いつも通りの笑顔で礼を述べる兄上。

アルフォンソ様、顔が真っ赤。再び茹で蛸状態。

でも、ちゃんと兄上に認知されてたじゃん。よかったじゃん。

ブリザードも吹いてないいし、いい感じ。ここでもう一押し。

「兄様、僕、このお兄さんにとっても綺麗な鳥さんたちの歌を聞かせてもらったの。……だから何かお礼をして」

「ん？」

兄上にキラキラ笑顔を向けておねだり。

「僕、このお兄さんと兄上のダンスが見たい！」

「いいよ」

兄上が微笑む。

チラリと隣を見ると、アルフォンソ様は膝に頭を乗せて突っ伏してる。

「尊死……」

訳のわからないこと呟いて、気絶しちゃったよ。

仕方ないから兄上とふたりでアルフォンソを医務室に運び、兄上に様子見を頼んで俺は両親のもとに戻った。

いきなりのダンスはハードル高かったかな……

まぁでも、その後のパーティーでは、ちゃんと兄上とアルフォンソ様はダンスを踊った。

アルフォンソ様は終始真っ赤だったけれど。

「珍しいわね、あなたがカルロスのパートナーをほかに譲るなんて」

テーブルのスイーツをパクつく俺に母上が言った。

「卒業式ですから……」

そう、兄上も俺も、そろそろブラコンは卒業しなきゃね。

寂しいけど……でも、俺としては兄上に恋愛を諦めてほしくないんだ。

ちょっとは青春させてあげたい。

大好きな兄上だからな……

俺もオトナになるんだ！

◇
◆
◇

卒業式が終わり、我がフランチェット王国にも春が巡ってきた……なんちって。

でも春である。

今日は春祭の日、そして王太子の御成婚の儀の日！

大神殿の太陽神の前で永遠の愛を誓い、神から『愛の結晶』という虹色の宝珠をもらう。

そう、赤ちゃんの元のあの宝珠だ。

でも、王太子妃は異世界の人だからどうなんだ？

親愛の証ってことになるのか？

この式に列席できるのは王族とその配偶者だけ。

王族といっても、王家の血筋であればいい訳ではない。

《雷》属性を持っていること、それが王族として認められる条件だ。

だから、王様の子どもでも第三王子は列席できない。まだ九歳で魔力測定は済んでいないが兆候もないから、いずれはどこかの貴族に婿入りしてその家を継ぐか、他国に嫁がされるという。

反面、辺境伯は《雷》属性持ちの王弟であり、王族と見なされて列席できる。

が、辺境伯はこれを辞退した。

「俺はあくまでもカーレント辺境伯だ。とっくの昔に王族から離脱してる」

辺境伯はフンッと鼻を鳴らし、パレードの見える屋外の特等席にユージーンと陣取っていた。

はっきり言えば、辺境伯はそういう王家の風習が嫌いなのだ。

ユージーンに《雷》属性はない。

ローウェル様は赤ちゃんがまだ小さいから辺境領に残っている。実際には《闇》属性持ちであることで偏見の目に晒されるのを厭《いと》うているらしいが、辺境伯はそれを口にしない。

ちなみに赤ちゃん、つまりユージーンの弟は栗色の髪にラブラドライトのような深い青灰色に虹色がかった不思議な輝きの瞳をしている。

「魔力がかなり多いみたい。《闇》属性はあまりないみたいで母上は安心してるけど……」

ユージーンがほんの少し眉をひそめて言った。

魔力の多い子どもは育ちにくい。

魔力が安定するまでは命の危険が大きいのだ。

「目が離せないんだ。何かあると大変だから……」

俺は普通の子どもでよかったよー、とユージーンは真面目な表情で言った。

魔力が安定するまでは領主館から出られないし、暴発を避けるために余剰の魔力を吸収する魔道具をつけねばならないという。

「可哀想でさ……」

ユージーンは優しい。自分と同じように外を飛び歩けない弟が気の毒でならないのだ。

「そうだね……」

ありきたりだが、自由に遊べないのは子どもには辛い。

俺は貴族の子弟とやらに転生してつくづく身に沁みた。

——庶民のほうがいいよな……

「あ、いらしたわよ！」

ぼうっとしているうちに、馬の蹄の音とともに人々の歓声が沸き上がった。

王家の紋章の輝くパレード用の馬車がこちらに近づいてきた。

純白のドレスをまとって沿道の人たちに手を振る王太子妃——イリーナさんはとても美しかった。

毅然として前を向いている。

王太子とこの世界で生きていく『覚悟』を決めたんだな、と俺は改めて思った。

王太子の真摯な愛があれば、きっと大丈夫。

王宮に着いてバルコニーに立ち、決意を語るふたりの言葉は民衆の歓声に掻き消されて聞こえなかった。

けれど、見つめ合ってロイヤルキスをするふたりは本当に初々しくて、俺は感動してしまった。

——やっぱり俺も嫁さん欲しいよな……

前世も独り身だった俺には、可愛い女の子のウェディングドレス姿は夢なのだ。

隣に立って、恥ずかしそうに微笑む唇にキスしたいのだ。

まぁ妥協して可愛い男の子でもいいけど、俺が嫁さんを貰うのだ。

第九章　王子の初恋、ミシェルの素性

御成婚の儀の日、大人たちと別れて一足先にアマーティアの屋敷に戻り、ぼーっと王太子の婚姻式の余韻を噛みしめていた俺は、バサバサっとしきりに羽ばたく聞き慣れない鳥の羽音に気づいた。

——あれ？

窓を開けると、白いフクロウが室内に音もなくスルリと飛び込んできた。お祖父様のフクロウ便だ。俺の部屋に直接来るのは初めてだった。

——どうしたんだろ？

咥えていた封筒を受け取り、慎重に開封する。

お祖父様らしい達筆な文字を丁寧に追っていった。

そして俺は……固まった。

「はぁ？」

『探していたナルニアの少年、ミシェルが見つかった。

おそらく兄の孫に違いない。

早々にアマーティアの領主館に迎えたが、家令や使用人たちが困っている。

文字は普通に書けるが、時々、何を言っているのかわからない。

私は外国語は得意だが、どこの言葉かわからない。

マジウケルとか、エモイとか、ギャクハーとかオタカツというのはどこの国の言葉だ？

すまんが、知っていたら教えてほしい。』


お祖父様、探し人、見つかってよかったですね。

でも、それ外国語ではありません、多分……ミシェルくんは日本のオタクだ……


お祖父様に乞われてアマーティアの領主館に来た俺の目に飛び込んだのは、ピンクがかったブロンドのとても可愛い、女の子と見間違うような男の子だった。

が、しかし……しかしである。

対面した途端、いきなりのハイテンションに遭遇したのだ。

「イヤ～、ヤダ～！　マジぃ？　本当にあなたがリューディス・アマーティア？　……ウッソ～！」

お祖父様とお祖母様には確かに通じないわな、うん。

しかも、ペタペタと俺に触りまくる。

「え？　何なに？　なんでリューディスが筋肉質になってんの？　儚げ美少年のはずなのに……」

そりゃ三歳まではな。前世を思い出してから方針変えたからな。

君、まず名乗りたまえよ。マナーだろ？

周りの人々のコメカミがひくひくして、お祖父様とお祖母様が血管切れそうになってる。

クロード、剣を抜くな。落ち着け。

「あ、ごっめ〜ん。私、ミシェル・アンデルセン。十二歳になったばっかり。シルヴァ生まれで、でも赤ちゃんの時に国を出たの。お母さんがフランチェット国の生まれだから逃げたの」

「逃げた？」

「帝国の……」とお祖父様の口許が動く。

ああ、なるほど。

「お母さんは？」

「こちらで保護した。体調があまりよくないが、手は尽くす」

お祖父様が顔を曇らせて呻くように呟いた。

「例の疫病でしょうか？」

「わからん。今は診療所で状態を確認している」

例の疫病だとするとかなり厄介だ。

「身元は……大叔父様の孫息子で間違いないんですね？」

いずれにせよマクシミリアン王子の件もあるから保護はするが、アマーティア家にとってはそこが肝心なところだ。

「両親の名をはっきり覚えていたから間違いはないよ。彼女にアマーティアの名を出したら涙を溢していた」

「彼の父親は……？」

お祖父様は小さく首を振った。

俺はちょっと大人しくなっているミシェルくんに訊いた。

しかし……彼も俯いて小さく呟くばかりだった。

「わかんない……憶えてないんだ」

「まぁ赤ん坊だっただろうから……」

お祖父様の言葉に彼は小さく首を振った。

「そうじゃないけど……とにかく思い出せないんだ」

「無理はしなくていいよ」

俺はそっと彼の肩に手を触れて囁いた。

人はあまりに辛い事態に遭うと、記憶からそのことを封印するか、消してしまうことがある。

しかし今、重要なことはそれではない。

「お祖父様に聞いたと思うけど、アマーティア家では君を養子に迎えようと思っている」

コホン、と俺は小さく咳払いをした。

「アマーティア家は高位貴族だから、それなりのマナーや礼儀を身につけてもらわないといけない。わかるね？」

「えーっ！　無理、無理、無理！　私、そういうのダメな人だから～。使用人でいいの！　壁になって推しを見守りたいの！」

彼はブンブンと顔の前で手を振った。

それにしてもなんだろう、この既視感は……

「推し？」

眉をひそめる俺たちに、ミシェルくんは、う～ん……と顎に指をあて、首をこてんと傾けた。

可愛いけど、あざとい。なんかこういうやつ見たことある気がする……

「私はリューディスが最推しかな～。カルロス兄とリューディスが一番エモいけど、ユージーンとリューディスも萌える。マクシミリアン殿下は、ん～、攻略対象だしなぁ……」

ちょっと待て。

君、なんで俺の交流関係知ってるの？

エモイとか萌えるって何さ。

その前に呼び捨てにするな、初対面だぞ。

「私、腐女いや、今は腐男子かな？　だから～リューディス受けなら、どんなカプでも美味しくいただけるんだけどぉ……」

ヤバい、ヤバい、ヤバい。こいつヤバい。

前世の妹と同じ人種だ。

BがLするのが好物な腐れ沼にどっぷりはまってるやつだ。

まだ十二歳だろ？　早くないか？

「身分なんて、どうでもいい。近くで推しを愛でられて、推し活できれば、いつでも死ねる！」

いや死ぬな、いろいろ困るから。

俺はピシッと人差し指を立てて言い渡した。

「とにかく、近々、マクシミリアン殿下に引き合わせるからマナー特訓な。特にその言葉遣い！」

オタ語は使用禁止！

俺は妹のおかげで用語に詳しくなったが、周囲は困惑するだろうが！

つっーか、この世界にオタクいるのか？

貴腐人な貴婦人とかいるのか？

それにしても、コイツ、いったいどこで俺の情報を仕入れたんだ？

まさか、誰か勝手に薄い本とか作ってないよな？

俺は背中を走る悪寒にブルリと身を震わせた。

「そういえば、リューディスは幾つなの？」

その、あざと可愛い上目遣いヤメロ！

「ぼ、僕はもうすぐ十二歳だ」

「う〜ん、ショタはいまいちなのよね。まぁしばらくブロマンスで我慢するか」

ずっと我慢しててくれ。

いや違う、そうじゃない。

「大人になったら濃厚なエチをキボンヌ。逆ハーでもオケだよ。リューディス総受けでよろ！」

絶対、しねーから!!

ミシェルは可愛くて、真面目で、性格もいい。

辺境伯やお祖母様に気を配ることもできるし、母親の見舞いにも頻繁に行ってる。

無理、なんて言っていたが勉強は熱心にやっている。

まあ、あのオタ語というかギャル語というか……妙な言葉遣いは適宜直していくしかなかったが。

ただ……

メタクソ不器用なんだよな。

菓子手作りをさせると、厨房も自分も粉まみれ。刺繍をさせると指先が血だらけ。

しかも運動神経が壊滅的に、ない。

ダンスの練習では俺の足を踏みまくるし、走らせれば何もないところで転ぶ。

なぜか剣を持ちたがるが、初回で速攻クロードに取り上げられ、以後、使用禁止。

弓なんか周囲に被害が及ぶから、絶対ダメ。

いわゆる典型的なドジっ子だった。

「あ、ごめ～ん！」

「いいから、続けて。はい、姿勢戻して～」

今日もガッツリ足を踏まれてる俺。でもリードで踊れるから怒らない。

ミシェルは俺より少し小さくて、ピンクブロンドの髪がふぁさ～と揺れるといい匂いがする。濃紺の瞳に煌めく星は、本当に夜空を眺めているようだ。

しかし……

しかし……

なんで男なんだぁー！

喋りは女の子寄りだけどちゃんと喉仏あるし、たぶん付いてるものは付いてる。

前世の噂に聞いた男の娘って感じだ。

これはもう、マクシミリアンの嫁にするしかない。頭はめっちゃよさそうだから、ダンスだけまともに踊れるようになれば、あとはなんとかなる！

王宮にはシェフもパティシエもお針子さんもいるしなっ⁉

これは『ミシェルはマクシミリアン殿下の嫁』計画をしっかり練らねば。

あ、俺？

俺はさぁ……あかんのよ。

いや、男同士だからっていうのもあるんだけど……

似すぎてるのよ、前世の妹に。

前世の妹、みちるは俺の三つ年下で、俺も兄貴もすごく可愛いがってた。

やっぱりドジっ子で危なっかしくて、でも明るくていい子だった。

学校の成績もよくてグレることもなかったが、いつの間にか腐ってた。

しかも中坊のクセにBがLするコミックなんか平然と買ってて、その辺にホイホイ置いておくから、兄貴の眼から隠すのに俺がどれだけ苦労したやら、泣くわ。

そのうえ、コミケとかに行くようになったら郵送で生地とデザイン画を送ってきて、コスプレの衣装を縫わされたんだぜ？

官舎のベッドの上でピンクのフリフリ衣装を縫ってる自衛官なんて、違和感しかない。

駐屯地の近くでイベントがあった日には、俺に休みを取らせてサークルのブース巡りを付き合わせるし……

男同士のアレな冊子買ってるゴツい兄ちゃんなんて変態にしか見えない。売り子のお姉さんたちにどんだけドン引きされたやら……

そういえば、高校卒業した途端に髪の毛ブリーチしてピンクブロンドにして、兄貴にこっぴどく叱られてたな。まぁ、俺はいいと思うけどね、髪色くらい何色でも。大学生なら別に客先からクレーム来る訳じゃないしさ。

大学二年くらいで自分の書いたウェブ小説が書籍化されるって、すっごいドヤ顔で報告してきたが、どうなったかな……

あ、中身は知らない。聞くのも怖かったし……

あっちの世界で売れっ子になっていればいいが、嫁にはちゃんと行ったのか……

好きに生きてていいから、親父やお袋に孫の顔を見せてくれてるといいと思う。

俺が言えた義理じゃないけどな。


「リューディスぅ、リューディスどしたの？」

「なんでもない……」

今はダンス練習の休憩中、優雅にティータイムだ。

うるるんな瞳で上目遣いするあざとさなんか、もうクリソツで目眩がしてくるぜ。

そういえば、ミシェルには気になることが幾つかあった。

ちゃんとなついているし、大事にしているふうなんだけど、母親を時々『あの人』って呼ぶんだよな。

反抗期かとも思ったが、反発というより、なんかよそよそしい醒めた表現をする。

そしてそういう時は決まってものすごく寂しそうな悲しそうな顔になった。

あ、そういえば……

「ミシェルはスキル鑑定したか？」

「……してない」

ミシェルは俺の問いに、カランとアイスティーの氷を鳴らしながら言った。

「お母さんがしなくていいって……。というか、しちゃダメって言われた」

「ダメ？」

うん、とミシェルは小さく頷いた。

「鑑定なんかすると、大変なことになるって……。命を狙われたりするから危ないんだって」

「命を……狙われる？」

ミシェルと母親は、ナルニアの下街に住んでいた。

貧しい人々の多い場所だが、あえて身を隠すために住んでいたとしたら……

——シルヴァの王族……

アンデルセンという名字も偽りかもしれない。

——帝国の追手から逃げ続けていたのか？

無邪気に髪を弄《もてあそ》んでいるミシェルの横顔をじっと見つめる。

俺はミシェルのスキル鑑定をすべきだと思った。

だが、まず母親の許可は得られないだろうし、下手に教会で測定すれば、噂になってミシェルの所在が帝国にバレないとも限らない。

なので、とりあえずお祖父様に相談した。

「ローウェル様にスキル鑑定をお願いしたらいかがでしょうか？」

それにローウェル様なら、母親の病気についても何かわかるかもしれない。

「カーレント辺境伯なら信用できますね……」

お祖母様も静かに頷いた。

そこでお祖父様が診療所へ行き、一度母親をアマーティアの領主に移動させた。

ミシェル親子にシルヴァの王族との関わりがあり、それを帝国が探っているとするなら、市井《しせい》に置くのはあまり好ましくはない。

ミシェルの母親——ナターリアさんは、ローウェル様は魔法で守秘義務の誓約をしているから、というお祖父様の説得に応じて、ミシェルのスキル鑑定を承諾してくれた。

俺は辺境伯宛に、ローウェル様にミシェルのスキル鑑定を依頼したいこと、ミシェルの母親の病気を診てもらいたい旨の手紙を書き、フクロウ便で送った。

すると、早々にハヤブサ便で承諾の返信が来た。

フクロウは一日遅れで、ローウェル様の肩に乗って転移で帰ってきた。

館に移ってきた母親のナターリアさんは、やつれてはいるが美しい人で、やはりピンクブロンドの髪をしていた。が、瞳に星のような光彩はあるけれど、色はブルーグレーだった。

「ミシェルは父親似なんです……」

シルヴァの民は紺色や鳶《とび》色の比較的濃い色の瞳をしているという。

「義姉《あね》もピンクの髪に紺色の瞳をしていた。ナターリアさんは兄に似たのだね」

お祖父様の言葉に、ナターリアさんは小さく笑った。

「まず身体を診ましょうね」

ローウェル様はナターリアさんの全身に手をかざし、丹念に情報を読み取って、ほっ……と微笑みを洩らした。

「疫病ではありませんね。……心労とナルニアの気候が身体に堪えたんでしょう。シルヴァは湿潤温暖な土地ですから、ナルニアの乾燥した寒暖差のある環境は辛いでしょう。……しばらくここで静養していれば回復しますよ」

「ここで？」

ローウェル様はお祖母様を見てにっこり笑った。

「はい……この館には精霊の加護がありますから、ナターリアさんの回復をアシストしてくださいますよ」

俺とミシェルは直通回路を通ってローウェル様とともにカーレントの辺境伯館に転移した。

「リューディス！　……その子誰？」

ユージーンはガバリと俺に抱きつき、そして後ろでまた訳のわからんことを呟くミシェルを見た。

「リューとユーのハグいただきました！　……やっぱり推しカプはこれよね！」

「あ、あの……お祖父様の兄上の子のミシェルくん、たまに不思議なことを言うけど、いい子だから……」

「へ～え」

ユージーンはいつも通りにあっけらかんと笑ってミシェルに手を差し出した。

「初めまして、俺、ユージーン。ユージニア・カーレント。リューディスの友達だよ。……ミシェル？　可愛いね。リューディスの友達？　恋人？」

「恋人なんて……推しは付き合うものでなく、愛でるものだし。友達なんて……私は壁だから～」

頭にハテナマークをいっぱい浮かべて俺を見るユージーン。

だよな……

「いずれアマーティア家の子になるから、……兄になるのかな？」

するとミシェルが素っ頓狂な声を上げた。

「私がお兄ちゃんなの？　やめて！　……リューディスは同じ年なんだから、リューディスがお兄ちゃんになって！」

「いや、三か月くらい君のが年上だろ？」

「私は、弟がいいの！　……リューディス、お兄ちゃんいや？」

「嫌じゃないけど……」

妹に呼ばれてるみたいで、妙な気になるんだよな。

「とりあえず、スキル鑑定をしましょうか、今日はリューディスも立ち会いで……。アマーティアのお祖父様にどう伝えるか考えなきゃね」

そしてローウェル様とミシェル、そして俺は鑑定の部屋に入った。

名前：ミシェル・アマーティア・シルヴァリア
年齢：十二歳
居住地：——
ランク：——
生命力：B
魔　力：S
筋　力：E
耐久力：C
俊敏性：E

知　力：S
魔法属性：光（Lv.30）風（Lv.10）水（Lv.10）無（Lv.90）
適　性：助言者《アドバイザー》、創造者《クリエイター》
スキル：唱歌、戯作、分析、助言、癒し、回復、浄化
特　性：聖魔法（初級）、運動オンチ、世界を知る者、シルヴァの継承者、腐ヲタ

「やっぱり、シルヴァの王族……」

俺は小さく息をついた。

「シルヴァの王族は特殊な魔力を持つ特別な種族だった。……だから、小国だったけど周囲の国から大切にされたんだ」

ローウェル様は改めてスキルの画面を見ながらしみじみと仰る。

「ミシェル君の父上は間違いなくシルヴァの王族だね。それも王に近い……」

「シルヴァって何なんですか？」

ミシェルが首を捻りながら尋ねた。

「海の精霊術とも、未知なるものを知る力とも呼ばれてる」

「航海術みたいなもんか……」

「そうだね。シルヴァは海の民だ。そればかりではなく、『運命の水先案内人』とも呼ばれていた」

ローウェル様はミシェルを見つめて仰った。

「……にしても、変わった特性だよね。シルヴァの人たちは特殊能力持ちだから、僕たちと特性が異なるのはわかるけど、『腐ヲタ』ってなんだろ?」

そこは追及されないほうがいいと思います、ローウェル様。

「やっぱりヴィルにも相談したほうがいいかもな……」

それは俺も賛成です。

ちなみにミシェル君のスキルの宝石はやっぱりピンクのキラキラだった。

そして、俺たちは改めてアマーティア領に転移したが……

ミシェルの辺境伯を見た時のテンションはやっぱりすごかった。

「キャー! ウッソー! カーレント辺境伯? ……ヤバい、ヤバい、ヤバい。超イケオジじゃん。イケオジに美形魔術師って、もろ王道の神カプじゃん! スッゴーイ!」

いや、ヤバいのは君の発言。確かに辺境伯はヤバめな人だけど。

「イケオジとはなんだ?」

あーまた『威圧』してる辺境伯。かなりのボルテージだな。

「ん? イケてるオジサン。イケメンで~シブくて~超カッコいいおじさんのこと!」

「そうか……格好いいのか」

「うん!」

なんかデレてますよ、辺境伯。

ていうか、辺境伯の『威圧』もミシェルは全然平気みたい。スゲエなお前。

「魔力無効化スキルだね……《闇》属性はないから魅了《チャーム》は使っていない。……天然の愛嬌だな」

冷静に分析されるローウェル様。

なにげに辺境伯のお尻を抓ってらっしゃるのは、まぁ見なかったことにしておきます。

やっぱ天然、最強だな。

で、結論。

本当は王家に申告して保護してもらわなきゃいけないが、王宮には帝国寄りの貴族もいるし、帝国のスパイが入り込んでいる危険性もある。

お母さんも心配だろうし、やっぱり安全確実なのはウチ、アマーティア領のお祖父様の庇護下でお母さんの回復を待つこと。

学園入学時には、スキルとか見られたくないものは『隠蔽』すればいい。

ただね……名字がな……

養子に入るにも、アマーティア姓だと父上に詳細を説明しなきゃいけない。

それも面倒だしな……

かといって偽名のアンデルセンだと、身元不充分になる。

うーん……と頭を抱えていると、執事のグレアムがおずおずと口を開いた。

「差し出がましいようですが……私の姓でよろしければ……」

グレアムは男爵家の三男で、ある意味、口減らしにウチに奉公に出された。

父上はわりとグレアムと仲がよくて関係も良好だ。

「本家が不始末で絶えておりますので……」

グレアムの実家の男爵家は跡継ぎの長男と次男が不仲であれこれあったらしい。結局グレアムが男爵位を継いだものの、深い恩義を感じてアマーティア家にそのまま仕えている。そして独身。養子縁組みしても誰も文句は言わない。

ファーストステップとしてはいいかもしれない。それ、いただきました。

「よろしく頼む、グレアム」

そうしてミシェルは形式上、グレアムの実家、ダーヴィッド家の養子となり、ミシェル・ダーヴィッドと名乗ることになった。

「執事、最高じゃん！　堂々と推し活できるじゃん！」

はしゃぐミシェル。

こらこら、君は『マクシミリアン殿下の嫁』になるんだよ。

それに……

実は……グレアムは俺より礼儀に厳しいんだよな。

頑張れ、ミシェル！

◇　◆　◇

リューディスです。寒いです……

「……で、その子をゆくゆくはアマーティアの養子にしたいって？」

屋敷の兄上の部屋に呼び出され中の俺。用件はもちろんミシェルの処遇について。

「なんで、私に相談しなかった？」

「だって兄様、忙しいから……」

兄上は学園卒業してからサクッと王宮に仕官している。毎日帰りも遅かったし……

「アマーティアの次期当主は私だぞ」

はい、存じ上げております。重々承知しております。

だから、部屋の温度を下げるのやめて。

「お祖父様の希望でもあるし……」

そう、ミシェルを探し出してきたのはお祖父様。マクシミリアン王子の要望もあったし。

「だとしてもだ！」

兄上の手がどんっ！　と机を叩く。

ペキペキ……と机の表面に薄氷が張る。

また従僕さん、泣くよ。兄上の机は異様に耐用年数低いから。

「命を狙われているなど……。シルヴァの末裔などとなれば、王家に秘匿すればその時点で重罪だぞ？」

デスヨネー。

「ですので、兄上にお願いが……」

「ん？」

「王太子様に内密にご報告を……」

王太子とマクシミリアン王子の母君は貴重なこの世界の女性。隣国アナトリア出身である。しかしその母君、つまり祖母の王太后はシルヴァの姫君だ。

王太后はシルヴァが帝国に滅ぼされたと聞いてひどく嘆き、重い病になって身罷った。

そのことに憤った国王陛下も帝国の斡旋を断り、イリーナさんを召喚した。

帝国は周辺国に召喚した異世界の女性や帝国内にたまたま生まれた女性の斡旋をして、権力を誇示している。

我がフランチェット王国がその斡旋を断れたのは、帝国と五分を張る国力を有している、そして国境を接していないことがある。

しかしその分、帝国から目を付けられていることも確かだ。

「ならば、王太子宮で保護していただいたらどうなんだ？」

「市井《しせい》の育ちなのでマナー教育が必要かと……」

あのヲタ語をなんとかしないとな。あとダンスも。

それにお母さんとも離れたくないだろうし……

「わかった。では私も一度会わせてもらおう」

兄上がふうっと大きな息をついて、ジロリと俺を見た。

「え……」

「私の兄弟にもなるんだろう？」

「はい……」

防寒着、必須だな。

「そんな危険分子を傍に置いて、リューディスの身に何かあったら困る」

え？　そこ？


そして……転移魔法でサクッとやってきました、アマーティア領主館。

もちろん、手ぶらではありません。

兄上はマリーに街まで一等美味しいお菓子を買いにいかせ、シェフに滋養たっぷりの魚介のスープを作らせてポットに入れ、マジックボックスにイン。

この辺の気遣いがもうね。魚介なんて王都じゃ滅多に手に入らないのに、視察に行った港町に転移してまで鮮度抜群のものを仕入れてくる辺りが、兄上の優しすぎるくらいの優しさ。

ナターリアさんは涙をボロボロ溢しながら、美味しい、美味しいと食されておりました。

ナルニアは言わば砂漠の街だから、本当に恋しかったんだろうね、故郷の味。

「それで、あなたの母君は……」

兄上が少し躊躇《ためら》い気味に尋ねると、ナターリアはまた涙。

「亡くなりました。私たちを逃がすために……」

やっぱりミシェルの父君はシルヴァ国の第五王子だった。

ナターリアさんが出産のために実家に帰っていた時に帝国に攻められた。

ナターリアさんの母君、お祖父様の義姉《あね》は、追手を逃れてナターリアさんとミシェルとともに港まで逃れた。

「アナトリア行きの船だったけど、フランチェット行きを探す時間もなくて……」

ふたりが船に乗り込み、無事に出航したことを見届けて、お義姉《ねえ》さんは自害した。

「母は……病を患っていました。それに……義父《ちち》に恩義を感じていましたし」

ナターリアさんの母君、お祖父様の義姉《あね》のほうはシルヴァに戻って再婚していた。

相手はやはり早くに妻を亡くしたシルヴァの貴族で、息子しかいなかったその人はナターリアさんを実の娘のように可愛がって大事にしてくれた。

「義父《ちち》も義兄《あに》も、優しくていい人でした。……でも、帝国の侵略で……」

自分の夫も、第五王子の側近だった義兄《あに》も、シルヴァの将軍だった義父《ちち》も、帝国軍に討たれたことをアナトリア国のある街で知った。

「アナトリア国は帝国に恭順を迫られていましたし、ミシェルの身元がわかったら無事には済みませんから……」

ナターリアさんは母君の遺言に従ってフランチェット王国を目指した。

亡き母君がふたりに付けた従僕が追手から彼女たちを守ってくれたが、ナルニアに辿り着いた時に怪我が元で亡くなってしまった。

「フランチェット王国には、まだ帝国の手は及んでいないと思っていたので……」

市井《しせい》に身を隠し、商家の下働きをして生き延びていた。

「彼女は間違いなく兄の娘だ。これを……持っていた」

お祖父様が兄上に見せたアクアマリンのペンダントには、紛れもなくアマーティア家の紋章が彫られていた。

「なんてことだ……」

兄上は小さく呻き、ナターリアさんの両手を握りしめた。

「私たちが兄弟として、ミシェル君を立派にアマーティアの子息に育てます。あなたは心配せずに身体をしっかり治してください」

やっぱりね。

兄上、優しいもんな。

でもって、父上を信用してないんだよな、なぜか。

それで……問題のミシェルは、庭で爺やから花を切ってもらっていた。

くるくる踊って、鼻唄を歌いながらこちらにスキップもどきでやってくる。

もどきなのは、ステップがまあ……ね。

「なんだ、あれは……」

想定どおり、兄上が眉をしかめた。

でもさすが兄上、すぐに怒ったりしない。

「あの、こんにちは……初めまして」

ミシェルが慣れない礼をしてペコリと頭を下げると、兄上はちょっとだけ苦虫を噛み潰したような顔で言った。

「母上に花を持っていくんだろう？　早くしなさい。……話はそれからだ」

「は～い」

タタタッ……と小走りで走っていく背中に『転ぶなよ……』とつい呟いていたのを、俺は聞かない振りをした。

そして、兄上とお祖父様とミシェルの三者面談が実施された。

なぜか俺は蚊帳の外でめっちゃヤキモキしていたが、とりあえず我が家で面倒を見る方向に変更はなかったようだ。

が、しかし……

「ダンスの練習はダニエルに相手をさせる」

えーっ！　貴重なリードパートの練習のチャンスなのに……

「どこの馬の骨かわからんやつにリューディスの手は握らせん」

いや、身元判明したでしょ。

おかしいから、それ。

「まったくヤンデレだのブラコンだの、訳のわからんことを言いやがって……」

まぁ少し当たってますけどね、解説はしません。怖いから。

で、俺は当面、接触禁止。なんでやねん。

「馬鹿が移る……」

移りませんて。しかもミシェルは馬鹿じゃなくて腐ってるだけだから、オタクなだけだから。

「だいたいあの歌はなんだ。さっぱり意味がわからん……」

顎で兄上が示した先で、ミシェルが壁にもたれて退屈そうに歌を口ずさんでいた。

それは……

俺の聞き違いでなければ……

前世で流行った、デカい色つきピーマンの歌だった。

第十章　いざ、学園ライフ！

おはようございます。
今日は学園の入学式です。
俺、リューディス・アマーティアは無事に学園の一年生になりました。
入学試験はソコソコの成績。
歴史がね～、覚えられんのよ。
似たような名前ばっかで、誰が誰だかさっぱりわからん。
前世の高校入試の時に、歴代の徳川将軍をラップで必死こいて覚えたのを思い出すわ。
『いいじゃん、過去なんて。俺たちは未来に向かって進むんだぃ！』
力を込めて叫んだら、兄上にどつかれました。
『由緒あるアマーティア家の者が、なんてことを！』
だって俺、興味ねぇもん。由緒とか家柄とか、何それオイシイの？　って世界。
片やミシェル・ダーヴィッド君、優秀です。ペーパーテストはほぼ満点。
算術は俺のほうが点数高かったけどっ！　ふんすっ！
ただね……体育の実技がね……

もう見てらんなかったよ、おにーさんは。

駆けっこはフォローできなかったが、ほか数名が似たり寄ったりだったのでまぁ、ノーカンだな?

ダンスの実技は俺がパートナーを名乗り出てなんとか誤魔化したけどさ。足踏まれまくっても笑顔で凌ぎましたよ。

試験を受けるほかの生徒から『なんでリューディス君がリードパートなんですか?』とか異議が出てたみたいだけど、まるっと無視。

いいじゃんよ、俺がリードパート踊って何が悪い?

体育の実技じゃトップから二番目よ、俺。

トップは誰かというと、なんとユージーン。

こいつってば、飛び級で試験受けてあっさり合格してやんの。

『リューディスと一緒に勉強したい!』

って頑張ったんだって、すごいな。

『絶対、リューディスに悪い虫なんか付けない!』

鼻息荒く言うユージーン。若干発言が意味不明だが。気にしない、気にしない。

ユージーンとツルめるのはミシェルのガードにも好都合だしね。

でもダンスの実技で俺をパートナーに指名するのはやめてほしかったよ。

周りから訳のわからん溜め息漏れてたし、ミシェルが尊いーとか言って眼をキラキラさせてたし。

俺たちのダンスでご飯三杯イケるって、ミシェル、腹壊すぞ。

まぁそんなこんなで、なんとかふたり一緒に合格で一安心。

ミシェルの『マクシミリアン殿下の嫁』計画のためには、なんとか学園に入ってもらわないと困るのよ、俺は。


そして迎えた入学式。

新入生代表挨拶はユージニア・カーレント君。飛び級の秀才かつ辺境伯令息ですからね、未来のスパダリ候補ナンバー・ワン、いやナンバー・ツーかな？

壇上で歓迎の挨拶を述べる中等部の生徒会長、マクシミリアン・ラ・フランチェット第二王子殿下。立派なスパダリにお育ちになっている模様。

我が家の大事なミシェルを託すにはこうでなきゃ、ね。

で、その入学式直後にアクシデントが発生。

ひとりの生徒が数名の生徒に囲まれていた。

デカい図体のやつらに小柄な平民の子らしき生徒。

あ、この世界では身分に関係なく学園には入れます。ただし学費が高いので、裕福な家庭の子供か、特待生枠、つまり超優秀で奨学金をもらえる子のどちらか。

見たところ、服装からして奨学金組の模様。

「な、何するんですか……」

訴える声もか細い。

「肩がぶつかったって言ってんだよ。詫びしろや、コラぁ……」

ケチつける典型的な発言が漏れ聞こえてくる。

式場から奨学生君を引き摺り出そうとする数名の、たぶん貴族の悪ガキ。

入学早々、弱い者苛めかよ。

俺、そういうの嫌い。

「ちょっと待ちたまえ」

俺はお育ちがいいからね、最初から声を荒らげたりしません。

ユージーンとミシェルは少し離れて俺の言動を見ている。

「少し肩が触れたくらいで何を騒いでるんだ。君たち、学園長に仲良く学ぶように言われたばかりだろ？」

「なんだ？　お前、こいつが俺たちの肩にぶつかってきたんだぜ？　しかも平民のクセに俺たちがぶつかったって言いやがる」

おーおー、品の悪いこと。

「ほ、本当です。僕、普通に立っていただけなのに……」

俺は改めて必死で抗弁する奨学生君に向き直った。

顔真っ青で震えてるわりに、目はしっかり悪ガキどもを睨んでる。意外に根性あるな、こいつ。

「お前、貴族のクセに平民を庇うのか？　どけよ！」

「学園の中では身分は関係ないと学園長が言われたばかりだと思うが？」

スラッと言ってやると、悪ガキのボスらしいやつが俺を睨み付けた。

威嚇のつもりか？　全然、迫力ないね、不細工なだけだよ。

「お綺麗なお坊ちゃんが、怪我したくなきゃ退いてろ！」

こいつ、俺の肩をどつきやがりましたよ。

手ぇ出してもいいですね？

正当防衛ですよね？

「やめたまえ！」

お口だけは上品に、サクッと鳩尾に肘入れさせてもらいました。瞬速で。

思わず腹を抱えて踞《うずくま》る悪ガキくん。

「ヤロッ……」

右脇から飛んでくる拳を軽くいなして今度は顎に肘打ちプレゼント。

左から出てくる足を抱えて軽くエイヤッと空中に放り出す。

「何しやがんだ、こいつ……！」

お、マジになりやがった。

「ちょっと君、どいてて」

奨学生君を振り向いて、勧告。

その間に右方向から来た、隙を狙ったらしい拳はものっそ遅い。

掴んで軽く捻るとデカい図体が、コロリと転がる。

「お、お前、どこのやつだ。ヒューズ男爵家の嫡子と知っての狼藉か⁉」

今度は身分を盾に取っての脅しか？

「僕はリューディス・アマーティア。アマーティア公爵家の次男だけど、何か？」

ヒューズ男爵家？

なんだ格下じゃん。

男爵家でも跡取りならともかく、嫡子ってだけではね。

庶子と嫡子では嫡子のが上だけど、俺も嫡子だから、さ。

「……公爵？　アマーティア家？」

そだよ。

途端に青ざめる悪ガキくん。

「てことで、今日から同期生、よろしくね。そっちのふたりは？」

ニッコリ笑顔で手を差し伸べる俺に真っ青な顔で震える悪ガキたち。

へたりと床に座り込んだままの三人を置いて、俺はくるりと踵を返した。

聞けば後のふたりは子爵家と男爵家の三男坊だそうな。

このくらいでビビッとったら騎士にはなれんよ？　もちっと修練せぇよ。

「あれ、王子殿下の婚約者だろ……？」

そこでひそひそ言ってるやつ、違うから。

キッ……とそっちを睨んだ俺に、ユージーンとミシェルが呆れ顔で溜め息をついた。

「リューディス、やっちまったなぁ……」

「血の気多すぎ」

クイクイッと親指でユージーンが指した先に、ブリザードをまとった父兄席の兄上、周りは蒼白になっていらしたのでした。

兄上からこっぴどく説教を食らって、俺の入学初日は終了。

件《くだん》の奨学生君、モーリス・ワトソンくんはすんごくビビッてたけど、友達になった。

ま、仲良くしようぜ！


そんなこんなで始まった学園生活。

生徒は自立心を養うために全員寄宿舎に入る。

もちろん俺も。同室はミシェル。

本当は公爵家の俺と男爵家のミシェルが同じ部屋というのはないことだが、諸般の事情を鑑みて同じ部屋にしてもらった。

実際には公爵家の俺はひとり部屋可だったんで、ひとり部屋にベッドふたつと机ふたつ、チェストを各自の私物をチェストに入れて持ち込んだ急拵えのふたり部屋。クローゼットは場所を取るからふたりで兼用。スペース的には隣の従者部屋のほうが広く見える。

「狭くないんですか？」

「ぜーんぜん」

前世の俺たちの官舎なんて、もっと狭いスペースに二段ベッドふたつの四人部屋だったんだぜ？

無駄に広い生活スペースを有効活用せんでどうするの？

ミシェルはミシェルで目を輝かせながら言う。

「私はリューディスの執事になるから、今から勉強させてもらうの！」

いや違うけどね。まぁ、周囲が納得してるみたいだからいいや。

「推しの寝顔が見放題、ぐふふふふ……」

その不気味な笑みだけは他人に見せないように。

で……実態はどうかというと、俺は毎朝のルーティーンは崩さない。

五歳から早朝の冷たい空気を吸わないと生きていけない身体になったからな。

しかも、早朝、隣の騎士学校から起床ラッパが漏れ聞こえてくる。

もうバリ、テンション上がったね。やっぱり気合いの入りかたが違う。

身に、いや魂に染み付いた条件反射は転生しても抜けないもんだ。

「おっはよー！」

「おはよ！　リューディス！」

隣室のユージーンと一緒にさっさと運動着に着替え、校庭での走り込みに柔軟、筋トレ、ストレッチ。

ちゃんと護衛騎士がふたりとも付いてきているから、軽く打ち込みをしてワンセット終了。

気持ちよく汗を流し、シャワーを浴びて今日の任務を始める。

「おーい、ミシェル起きろ！　朝だぞー！」

そう、俺の任務は、まずミシェルを叩き起こすこと。

「ん〜、もうちょっと〜」

「ダメ！」

ふわふわの布団にくるまってむにゅむにゅ言ってる姿はマジ可愛いが、ここは心を鬼にしてブランケットをひっぺがす。

「ひど〜い、リューディスぅ！」

「泣き真似してもダメ！　……早くシャワー浴びてきて、朝ご飯にするから」

「今日は何？」

「卵とミルクと砂糖に浸した甘いトーストとミックスフルーツジュース、それと蒸し鶏のサラダ」

「起きる〜！」

ミシェルは俺の作る飯に弱い。

ミシェルがシャワーを浴びている間に制服に着替えてミニキッチンに立つ。

ミニっていっても、結構広い。

シンクの脇には兄上特製の魔石を使った氷箱、いわゆる前世の冷蔵庫的なものがある。二段になっていて、魔石の数によって冷えかたが違う。つまりは冷凍庫付きだ。

「リューディス、飯まだ〜？」

「今、できるよ」

隣室のユージーンも当然のごとく、俺の朝飯を食べにくる。

「これ、入れといて」

「名前を書いとけよ」

ユージーンが何やら瓶入りの飲み物を氷箱に押し込んでいる。

うちの氷箱は三人共用なので、各自の飲み物、食べ物には名前を明記。でないと後々揉める。

特にミシェルのスイーツを間違って食べたら大変なことになる。

「「いただきま～す！」」

さっきのメニュープラス俺とユージーンは特製きな粉ドリンクを飲み干す。成長期にはたんぱく質大事。ミシェルはきな粉ドリンクがダメらしく、サラダに大豆をプラス。

「ミシェル、今日の授業は？」

「国語と礼式と魔術A、それと音楽」

ジュースを啜りながらミシェルが答える。

クラスは同じだが、専攻によって授業が別れることもある。

「教科書、全部持ったか？　宿題はやった？」

「持った。やった～」

ビミョーにブスくれるミシェル。

「俺は後から届けるの嫌だからな」

いちいちご令息たちに黄色い声上げられたくないから。ご令嬢ならともかく……

「ニコルに頼めばいいじゃん」

「ニコルにはニコルの仕事があるの！」

就学年齢の者を除いて従者は校舎内立ち入り禁止、忘れているな、ミシェル。

だから、わざわざお祖父様が選りすぐりのアマーティア家の暗部、つまりは隠密を潜り込ませているのに。まぁ誰だか知らんけど。

「リューディスって、おかんだよね」

「……だな」

ふと見ると、ミシェルとユージーンがぼそぼそと囁き合ってる。

「何だよ、おかんて」

「世話焼きってこと」

ふたりしてくふくふ笑う。

感じ悪いなぁ、もう。

とにかく、まずはミシェルを無事に教室まで連れていくのが朝の俺の任務なのだ。

「さて、行くぞ」

席を立ったところで、ミシェルにむずっと髪を掴まれた。

「何すんだよ、ミシェル」

「髪、跳ねてる。リューディス、ちゃんと梳《とか》してないでしょ！」

「梳《と》かしたよ。離せよ〜。髪が跳ねてたって生きていける！」

ジタバタする俺を無理やりドレッサーの前に座らせるミシェル。

「ダメだよ。公爵令息なんだから、きちんとしなさい！」

「離せ〜。遅刻する〜!!」

結局、ミシェルに散々弄《いじ》くられて予鈴十分前に教室に駆け込む。

五分前行動は基本だから、プラス五分は余裕を見ないとね。

――これが俺たちの朝の日常。


「昼だ〜！　ご飯だ〜！　今日のメニューは何かなっ！」

「もう、リューディスってば……」

午前中の退屈な座学が終わって昼ご飯の時間。

俺たちはいそいそと食堂へ向かう。やっぱり学園の楽しみといったらこれでしょう。

いや、やっぱり大人になっても、きっつい訓練の合間のささやかな楽しみといえば食事、これに尽きる。

前世、特に金曜日の食事は楽しみだった。なんせ俺の大好きなカレーの日。

あ、金曜日がカレーの日は海軍さんや海自だけじゃないんだよ。

陸自でも空自でも金曜日はほぼカレー。

なぜかというと、昔は海上に出た海軍さんが曜日感覚を保つためだったが、俺の頃はまぁ給養員、つまりは食事当番の片付けの手間を減らすため。

自衛隊員も公務員だからね、一応、週休二日。土曜日の休み前にはやることいっぱいあるからね、みんな。帰省するやつらもいたし。

自衛隊のカレーは艦ごと駐屯地ごとにこだわりがあって、家庭のそれとは違う。

年始に実家に帰った時、おせちに飽きた頃に作ってやったらすごく喜ばれた。

閑話休題。

この学園の食堂はかなり広い。王家や高位貴族向けに個室になっているスペースもあったが、俺たちはそんなとこには行かない。一年坊主だからね、控えめにいかないと。

でも、何気に窓辺のいい席が空いていたりする。まぁユージーンは辺境伯の令息だからな。周りが気を遣ってくれるのか？

メニューはかなり豊富。味も上々だが、日本食的なおかずはない。

イメージとしては、海外の一流ホテルのバイキングを思い浮かべると近いかもしれない。

当然、カレーはない。寂しい。

ユージーンはユージーンで魔獣の肉のメニューがないのが不服らしい。

王都じゃ魔獣の肉は手に入りにくく、魚介類より高級食材だからな、仕方ない。

俺は鳥肉のローストにカボチャのココット、野菜サラダと胡桃《くるみ》パン、グリーンティーをチョイス。

マジックバッグにきな粉ミルクのポットも持参。

ユージーンは分厚い牛肉のステーキを昼間からガッツリいってる。デカくなるはずだよな。

一方のミシェルはブリオッシュにチーズスフレ、ホウレン草のココットと超軽め。けど、タルトやジュレやらデザートが盛りだくさん。

「太るぞ、ミシェル」

「甘いものは別腹だよ！」

ユージーンに冷やかされてもパクパクいってる。

俺は見てるだけでも胸焼けしそう。

首を巡らせると、例のモーリスくんが目に入った。トレイを抱えてウロウロ……。しかもスープにパン一個って、足りるのそれ？

思わず目を取られていると、いましたよ、ヒューズ男爵令息。

懲りもせず、モーリスくんの進行方向にその長くもない足を突きだしやがりました。

で、俺。

「あ、モーリス君、こっちこっち～！」

たたっとモーリス君に駆け寄り、ヒューズ男爵令息が引っ込める前にその足を思いっきり踏んでやりました。

「いてっ！　この……」

うふっ、俺ってば細いけど、筋肉ガッツリついているから見かけより重いんだよね。まぁ全体重は掛けてないけど。ミシェルにダンスシューズで踏まれるより、ちと痛いかも。

なかば涙目で俺を見上げる男爵令息。

やるの？　俺、公爵令息よ？

いや、やってもいいが、腹ごなしにちょうどいいし……

「あ、ごめーん！　通路に足がはみ出してから、つい踏んじゃった。君、足長いんだね⁉」

嘘ですけど。にっこり笑って、妹直伝のテヘペロをかましてみる。

「き、気をつけろよな……」

あら、あっさり引き下がるのね。

なんか顔赤いよ？　風邪か何かで不調なのか？　そっかー。つまんね。

「あ、あの……」

いけね、忘れてた。

トレイを持ったまま、挙動不振なるモーリス君の腕を取る。

「待ってたんだぁ！　……あっちで一緒に食べようよ！」

「え、あ、はい……」

ぐいぐい引っ張って俺の脇に座らせる。

「ユージーンとミシェル、仲良くしてやって！」

「よろしくな～」

「よろしくね」

「あ、あのモーリスです。よろしく……」

ふたりにペコリと頭を下げてモソモソとパンを食べ始めるモーリスくん。

ユージーンが遠慮なく突っ込みを入れる。

「モーリス、それ少なすぎん？」

「ここ、高いから……」

縮こまってボソリと呟くモーリスくん。

「あー」

頷く俺たち。確かにここの食事って高いんだよね。外観、お洒落なカフェテリアなぶん、値段上乗せされてるんかな、というレベルを超えてる。

基本、貴族向けだからな。食材もいいの使ってるけど、明らかにぼったくってるよな。

すると……

「これ、食べてくれる？」

ミシェルがベリーのタルトをモーリス君の皿に載せた。

「え？」

固まるモーリスくん。

「ビュッフェでつい取りすぎちゃって～。リューディスに太るって苛められるし～。でも戻すのは失礼でしょ？　食べてくれるとミシェル、助かるんだけど!?」

俺のせいですかい？　まあ許す。ミシェル、ナイスフォロー。

「ぼ、僕、施しなんか……」

結構プライド高いね、モーリス君。いや、いいことだ。

「施しなんかじゃねぇよ。ミシェルを助けると思って食べてやれよ。リューディスってば小姑並みにうるさいんだから」

おかんの次は小姑かい。覚えてろよ、ユージーン。明日のハンバーガーにたっぷり辛子入れてやるからなっ！

「それじゃあ……」

遠慮がちにタルトを口に運ぶモーリスくん。ちょっと涙目？

仕方ないなぁ……

「あのさぁ……」

俺はマジッグバッグに手を突っ込み、ハムとチーズのホットサンドを取り出してモーリス君に渡した。

「これ、試作品なんだけど、味見してくれる？」

「え、味見って……？」

「僕、料理初心者だから、まずかったらゴメン！」

モーリス君、パクリとかぶりついてくれましたよ、俺のホットサンドに。

「美味しいです。……本当に初心者ですか？」

「まぁね……」

こら、そこのふたり、顔に『ウソつけ！』って書かないの！

「あ、そうだ！」

俺は突然思い出したフリをした。

「僕、料理上手くなりたいから、時々、味見頼んでいいかな？」

「え、でも……」

「彼らだと、気を遣って本当のこと言わないんだよね～」

バネ人形みたいにコクコク頷くユージーンとミシェル。アドリブ下手だな、お前ら。

「でも、なんか申し訳ない……」

「じゃあ、座学のノート見せてよ。僕、苦手なんだ。歴史とか……」

うん、嘘は言ってない。

「そんなことでよければ……」

「じゃあ交渉成立だね」

固い握手を交わす俺とモーリス君に苦笑いするユージーンとミシェル。

「まぁ、いいけど、あのホットサンドは何？」

食堂からの戻り道、ユージーンとミシェルがジロリと俺を見る。

「授業の合間のおやつの残りだけど……」

「ズルいっ!!」

なんで？　早弁は学生の基本でしょ。君たちは自分で作りなさい。

鼻歌混じりの俺の背後で、ミシェルが『攻略対象その一ね……』なんて、また意味不明な呟きを漏らしていたが、まぁスルーして、俺はいそいそと午後の授業に向かった。

講義が終わるとだいたい図書館や自室で自習。中には魔術の自主練習をする生徒もいる。

俺はというと……

試験前ということで、図書館にカンヅメ。

目の前には、ユージーンとミシェル、そしてモーリスくん。

普通の教科には国史、外国史、国語（文法、修辞学、弁証法）、外国語、算術、幾何学、天文学があって、転生チートなのか、語学力は高いみたい。

頭の中で考えている時は相変わらず日本語だけど。

修辞学は苦手。プレゼンとかディベートの技術なんてガテンな俺たちには必要なかった。いかに手早く手短に情報伝達できるかが問題だったからな。

あとはかなり得意だったけど、天文学は不思議な分野だ。

この世界の星座は地球とは違うし、学問としてはかなり未発達。天体望遠鏡がある訳ないしね。

とにかく俺は外国史も国史もダメ。前世の世界史と一緒で名前が頭に入ってこない。

「物語としてイメージすればいいんですよ」

そう言ってくれるモーリス君。

俺、前世の長編歴史ドラマもろくすっぽ見なかった人よ？

歴史ドラマで注目していたのは用兵とか陣形とか戦況の展開ばっか。あと武器もね。

だいたい日本の歴史ドラマに横文字名前の主人公はいなかった。

「リューディスって、ほんっとにロマンの欠片もないよね」

しみじみ溜め息つくなよ、ミシェル。幾何学教えてやらないぞ？

わかったのは、この世界の人は基本、算術が苦手。

いや、この世界の貴族は、と言ったほうがいいのかな。

ユージーンみたいに領地経営に直に関わる人は算術必須なんだけど、うちのクラスで算術でまともに点数を取れる高位貴族の子弟はごくわずか。

モーリス君や平民の子のほうが成績がいい。

「貴族はだいたい家令に経営を任せていますからね、意志決定と署名だけですよ、仕事は」

偉いさんはどこも同じなのね。世襲の企業みたいなもんか。社長は外向きで社交に頑張る訳だ。

アマーティア家では母上の担当だったんだな、うん理解した。

前にも言ったが、学園に来ている平民の子は前述の通り裕福な商人の子か、地域の教会の教室で成績優秀だった子。

だから外国史と外国語は少し苦手のようだ。そりゃ地域社会に外国関係ないもんな。

ユージーンはほとんどパーフェクトだが、それだけ辺境を治めるって大変なんだよな。

やっぱり修辞学が苦手だってボヤいていた。美辞麗句は苦手だからな、俺たち。

ミシェルは数字系が苦手と言っていたけど、今の学年のレベルなら問題なし。だって算術ってホントに算数なんだもん。

いっそ壁に九九の表でも貼ってやりたい。……ま、貼りましたけどね、ミシェル君が。

シルヴァ国には九九があって、小さい頃に母親から習ったそうだ。

そこ、昔、日本っていう国だったりしないよね？

ということで、お互いに教え合いして勉強を進めている。

あとは基礎魔術や魔術理論など、この世界らしい教科もある。薬草の見分けかたや魔石の作りかたなんかも教わる。

俺たちはまだ初歩の生活魔法の延長程度の内容だけど、魔術に関しては魔力の過多や家庭での教育で個人差が大きいから基礎の確認てとこ。

魔術の実技の授業は属性別に教師が違う。

俺たちやマクシミリアン王子のような複数属性持ちはあまり多くない。

ローウェル様やお祖父様がどんだけすごいかよくわかった。あ、あと兄上も。

『カルロス様は本当に優秀でいらっしゃいましたよ』

うっとりした眼で語る先生。

悪かったな、ポンコツで。

「リューディス、ポンコツなんかじゃないじゃん。なんで力を出さないの？」

不思議そうな顔のユージーン。

だって兄上に全力を出すなって言われてるからな。

俺もミシェルも無属性魔法は人前では使用禁止。ミシェルは聖魔法は絶対使うなって厳しく言われていた。王室や教会にバレるとややこしいことになる。

「まあ、召喚された王太子妃様も聖魔法の使い手だから、我が国は恵まれてると言えるがな……」

兄上いわく、聖魔法が使えることが露見すると、ミシェルの身の危険度が高まるらしい。

それは避けたいよ、俺も。

ほかには音楽や選択科目の料理、裁縫、刺繍なんてのもある。

当然、俺は取らないけどね。花嫁修業科目なんて誰が取るかい！

もちろん、ミシェルには取らせた。

料理は特訓したし、裁縫、刺繍は作品提出だったからなんとかクリア。

はい、俺が徹夜で手伝いましたよ。疲れたぜ。

問題は体育だけどミシェルはダンスのみ。花嫁修業科目選択者に野蛮な真似はさせない訳だ。

『合格です』の声に胸を撫で下ろす俺たち。特別講師に特訓を依頼した甲斐がありました。

誰にって？

当然、マクシミリアン王子だ。

まぁかなり足は踏まれたみたいだが、それでもかなり根気よく教えたようで、やはりこれはかなり有望ですね。

その代わり、三人して拉致されて生徒会の仕事をお手伝いする羽目にはなったけどな。

ミシェルと俺の将来のためなら、そのくらいは安いもの。

俺の大好きな剣技や弓術、体術の試験もバッチリだったし、極めて順調に学園生活は滑り出した。

試験が終わって一段落した日の夜、俺たち三人はマクシミリアン王子から夕食の招待を受けた。

同じ学寮とはいっても、王族のマクシミリアン王子は俺たちとは別の建物に起居している。貴賓室も書斎も備えた、言わば王子宮の縮小サイズの建物だ。

門の前に立つ護衛騎士に招待状を見せ、学生証に相当するＩＤカードを提示しないと中へ入ることができない。

このカードには魔法でいろいろな情報を集約していて、学年と名前以外に魔法属性や成績、外出記録まで記載している。

食堂や売店での支払いもこのカード一枚ででき、期末ごとに保護者に請求がいく。

いわば前世のＩＣカードのようなものだが、紛失や盗難がない。所有者と魔法で繋がっていて、自動的に手元に戻ってくるのだ。盗難の場合は盗んだ相手の情報まで拾ってくる優れもの。つくづく魔法はすごいなと感心する。

王子の住まいの門の中に入ると、エントランスで侍従が出迎えてサロンに通される。

「本っ当に面倒くさいよな」

ボヤくユージーンに俺もミシェルも苦笑しかない。

ありがたいのは、制服があるから衣装に悩む必要がないこと。

紺のブレザージャケットにグレーのスラックスという、まんま前世の学校の制服だ。

違いがあるとすれば、中に着るのがカッターシャツでなく、派手めなシャツブラウスってとこ。

俺やユージーンは、できるだけシンプルなボウタイに袖のフリルやレースが控えめなやつを着ている。品位は生地やカフスボタンやタイピン、ブローチのセンスで十分示せるからな。

ミシェルはわりと可愛めなブラウスを好むけど、似合うから問題なし。

派手すぎないギリギリのラインで攻めるから、ほかの生徒からも好感度は高め。

「リューディスも、もっとお洒落しなよ」

そう言われるけど、動きづらいの嫌いなんだよ、俺。

「よく来たね。入りたまえ」

そう、ド派手なスタイルでも許されるのは王子様くらいのもの。

「お招きいただき、ありがとうございます」

ちゃあんと臣下の礼を取ってから勧められた席に着く。俺たち、偉い。

「三人ともいい成績だった。さすがに日頃から頑張っているだけのことはある」

「ありがとうございます」

ノンアルコールのエールで乾杯して、豆のポタージュやエビのカクテルを美味しくいただく。本当に貴族って贅沢。

「生徒会の仕事もおかげでずいぶん捗った。礼を言うよ」

仔牛のステーキを優雅に口に運びながら、王子がにっこり笑う。

「お役に立てて光栄です」

ユージーンがちょっとだけ皮肉っぽく答えた。

今の生徒会の役員は王子と側近候補の三人。

ラフィエル・モントレル伯爵令息にダニエル・マッカレー侯爵子息、ハーミット・リンデン公爵子息……

はっきり言って誰も実務向きじゃない。魔法オタクに脳筋にガリ勉君だ。一芸に秀でてはいるが、政《まつりごと》やら経営には全く興味なし。

つまりは王家の思惑が露骨なくらい透けて見えるラインナップだ。

兄の王太子の側近はうちの兄上を初め、外務と財務のエキスパートの跡継ぎが顔を揃えている。

軍事に関しては国軍の大将の子息がいる。

王たる者とそれ以外の立ち位置を完全に分けた完全分業制とも言える。

おそらく、有事の場合はマクシミリアン王子が指揮を取る。そのための布陣だろうな、と思った。

同母兄弟で関係も円満だからできる話だ。

――けど……

ミシェルが王子の配偶者になれば、シルヴァ国の後継者になる可能性もある。帝国の侵略を退けて、シルヴァ国の再建も夢ではない。その時のための人材は要《い》る。

ユージーンは辺境伯を継ぐし、脳筋の俺に政《まつりごと》は向かない。

――俺が探すか……


「リューディス？」

「あ、はい」

ふと気づくと、王子がじっとこっちを見ていた。

「リューディスは家政の科目を全く選択してないようだが？」

「必要ありません……」

俺は嫁には行きませんから。

「それは困る」

なんでやねん。

王子の嫁はミシェルです。俺は冒険者になる。

だからそのために必要なスキルを習得しなきゃいけない。生活力は前世でガッツリ身に付いているから、お構いなく。

「知っての通り、今の私の婚約者の席は空席だ。……かといって、今すぐミシェルを婚約者にする訳にはいかない」

え？　なんで？

「ミシェルは貴族社会をよく知らない。……今、表面化させれば敵意を向ける者が出てこないとは限らない。危険すぎる」

「それは確かに……」

王子の危惧は正しい。少なくともミシェルの運動神経その他諸々《もろもろ》を考えると、学園を卒業後速攻で王子宮に入れる体制ができるまでは表出しにするのはヤバい。

「なので、改めて君に頼みがある」

なんでしょう？　嫌な予感しかしないんですが。

「学園に在学中は、私の婚約者を続けてほしい」

えーーーーっ！　それ、話が違いませんか？

「殿下との婚約は解消したはずですが？」

俺が家出までして、大騒ぎして、もぎ取った自由を反故にするの？

「え？　解消しちゃったの？　なんで？」

ミシェル、なぜそこでお前が突っ込むんだ⁇　しかも王子サイド？

「僕は誰とも結婚する気はないから、男性とは……。殿下も納得してくださったはずです」

俺は力を込めて力説。

今さら卑怯だよ。ひどくない？　国外逃亡するよ⁉

「確かにそれは承知した」

ですよね、ですよね、王子。

「だが、ミシェルのための隠れ蓑が要《い》る」

あー、それはまあそうですけど。

「学園を卒業するまででいい。婚約者のフリをしてほしい。フリだけでいいんだ」

おっしゃることはわかりますが……

俺は思わず唸った。確かに今のミシェルでは万一の事があった時、身を守りきれない。

「フリだけでいいんですね？」

俺の念押しに王子は深く頷いた。

「文書の取り交わしはなしですよ。殿下の卒業と同時に速やかに事情を皆に説明して、ミシェルとの婚約を発表していただけますか？」

ここ大事。

「リューディスの気持ちが変わらない限りは……」

「変わりません！」

ありえないから。俺、男の嫁にはなりません！

——……チッ！

え？　なんで舌打ちするんですか？　王子。

「あ、でも授業科目はもう変えられませんよ？」

強権発動、やめてね。

「リューディスは、料理も裁縫も刺繍もパーフェクトだからいいんじゃない？」

フォローに入ったユージーンの言葉に殿下の顔が引きつる。

なんでや？

「パーフェクトって？」

なんかいきなり超不機嫌になった王子。

「うちの弟の誕生祝いにお手製の産着をもらったんです。可愛い刺繍の入ったやつ。両親も弟も喜んでました」

ユージーンがあっけらかんと言うと、王子の表情がちょっと緩んだ。

「赤子の祝いか……」

そうそう殿下。気にしすぎです。

「料理は？」

「私たち、毎朝、リューディスのご飯食べていますから、間違いないです」

にっこり微笑むミシェル。

「毎朝……う、羨ましい」

カトラリーを握りしめている手を震わせて、王子が何やら小声で呟いている。

どした？

「とっても美味しいですよ」

いやいや、ミシェル、俺を売り込んでどうする？　ここは自分を売り込む場面でしょ。

「ミシェルも料理上手ですよ」

「ミシェルの料理……」

王子の表情がぱあっと明るくなる。

よしよしよし！

「今度、生徒会に差し入れしますよ、ミシェルの手料理」

ミシェル、何その『うへぇ』な顔。男子をオトすのに胃袋を掴むのは基本だよ？

「両方食べたい」

は？

「日替りで持ってきて」

はあぁ？

隣を見ると、炸裂する王子様スマイルにミシェルがこくこく頷いていた。

ダメだこりゃ。

「わかりました……」

——帰り道、ユージーンは超不機嫌だった。

「アイツ、最っ低！」

「え、ダメだよ。相手は王子様だよ」

慌てて宥める俺。聞かれたら不敬罪よ、ヤバいよ。

俺だってフリも嫌だけど、ミシェルのためなら一肌脱ぐしかない。

「リューディスって、本当にトーヘンボクなんだから……」

呆れ顔で溜め息混じりに頭を振っているミシェル。トーヘンボクって何なん？

「攻略対象、多すぎ」

意味、わかりません……誰か教えてほしい。


今日は楽しい体育の授業。

あ、もちろんダンスじゃないよ。

血沸き、肉踊る、武術の実技のお時間でっす。

この授業はもちろん選択科目。
受講者はだいたいが騎士を目指すやつらか、護身の必要な貴族の子弟。
まぁそれだって魔術の得意な連中は受けない。
基本、貴族の子弟には護衛が付いてるし、魔法で身を守れるからね。
でも、独りっきりで魔力を封じられたらどうやって身を守る？
危機管理の意識がまだまだ薄いね。
まぁ腕っぷしだけ強ければいいってもんでもないけどな。
「先、行くぜ！」
「おい、待てよ」
俺はサクッと着替えてユージーンと校庭に出た。
まずは軽く走り込みしてストレッチ。筋肉をよく温めて解しておかないとな。
ワンクール終わった辺りでポロポロとほかの生徒がやってくる。
実技だぜ？　身体温めないうちにいきなり動いたら怪我するぞ？
教官は王都の騎士団の団長だ。隣の騎士学校の指導もしている。
まずは名簿と生徒の顔の付き合わせ。名前を呼ばれたら返事をすりゃあいいんだけど。
名前のスペル順に呼ぶから身分はランダム。
いいよね、この辺のリベラルさ。
噂によれば、教官は平民から団長にのし上がった猛者という話。

叩き上げ、好きだよ、俺。

まぁその分、貴族にはキツく当たるという噂もある。

いいんじゃね？　かかってきなさい。

で、名簿を次々読み上げていく教官殿。なぜか俺の前でピタリと止まる。

「リューディス・アマーティア……？」

「はい！」

元気よくお返事する、俺。

すると教官どのが思いっきり眉をしかめて、俺の顔をまじまじと見ている。

何？　俺、顔になんか付いてる？

コホン……と咳払いをして、もったいをつけて口を開いた。

「リューディス君、これは武術の授業です」

はい、もちろん存じてます。

「ダンスの授業ではありません。……その……選択を誤っておいでではありませんか？」

背後でザワつく生徒たち。今、吹き出したやつ、後でシメるからな。

「いいえ」

きっぱりお答え。

ますます眉をひそめる教官どの。

「武術ですぞ？」

「存じておりますが？」

だから選択したんだよ。

「お怪我とかもありえますが？」

知っとるわい。舐めてんのか、こらぁ。

「マクシミリアン王子殿下の婚約者と伺っている方に怪我をさせる訳には……」

はぁ？　それ誤報だし。

教官の顔にそうなったら面倒くせぇと書いてある。

まぁ子弟が怪我したって騒ぐモンペもいるらしいからな。あ、ズボンじゃないよ。

「問題ありません。多少の怪我で騒ぐようなアマーティア家ではありません」

「………………」

「幼い頃から剣は嗜んでますから」

めちゃくちゃしごかれてんのよ、俺。

「わかりました……」

盛大な溜め息の教官どの。

諦めろ、俺は暴れたいんだ。

頭を振りながら、生徒たちに向き直る教官どの。

「では、まず走り込みから……校庭十周」

「「はいっ！」」

元気なお返事の生徒さんたち。

うおっしゃ～！

…………………

…………………

…………あのさ、遅くね？

いや速けりゃいい訳でもないけど、三周目で座り込むとかまだ五周目とか……時間終わるぞ？

ヒューズくん、息上がってるぞ。足がもつれているし、あと三周いけんの？

「先生、終わりましたぁ！」

とっとと走り終わった俺とユージーンほか若干名。暇なんだが。

「え……？」

何ドン引いてんだよ！

早よ次の指示出せや。

「じゃあ、腕立て伏せ十回」

十回？　秒で終わるぞ？

でも、まぁ教官どののご指示だしな。

「はいっ！」

やりましょ、片手腕立て、左右十回ワンセット。

「な、何してるんですか!?」

なんで目を剥いてんの？　騎士団じゃ普通にやってるでしょうが。

「腕立て伏せですが、何か？」

「いや、その……」

こらこら生徒諸君、そこで固まってないでちゃんと走れよ。あとワンセットやったるぞ!?

「キッツイな、これー！」

あれ？　ユージーンも終わったの？　やるじゃん。

「あの、両手でいいんですよ。僕ら趣味なんで……」

真似しなくていいよ、そのほか数名。無理は禁物だからね。

教官どの、次は～？

「じゃあ、軽く素振りして……」

「はいっ！」

うんうん、今日も元気だ。剣が軽い。

……結局、体力不足の生徒さん多数ということで、やっと打ち込みの相手が来た頃には素振り五十回終わってた。おっそ～い!!

あとは楽しく打ち込んで……ってほんの十分くらいで終わってしまった。

つまんね。そんなんでヘタリ込むなよ。

俺はまだまだ欲求不満だー！

「先生、彼、疲れたみたいなんで、相手変えていいですか？」

無言でこくこく頷く教官どの。

あれ？　顔が青いですよ。熱中症……じゃないよね？

あ、誰だ、そこで『バケモノ』って言ったの！

相手するかぁ～!?


こうして俺は楽しい学園ライフを送っているんだが、ちょっとだけ不満もある。

それは……

「体術の実技、出禁になった……」

「出禁？」

俺がボヤいた途端にミシェルがあんぐりと口を開けた。

「何をやったの？　リューディス」

「何もしてない」

「まあ、していないといえばしていないいな。リューディスは……」

ユージーンがクッキーをポリポリ齧りながらニマッと口の端を上げた。

「どういうこと？」

「ん～。初回の授業でふたりが鼻血出して、二回目で三人くらい気絶したか？」

「はぁ？」

ユージーンの言葉にミシェルが眉をしかめた。

「体術って組み手、やるじゃん？」

初日の授業、俺はとっても張り切っていた。体術は得意だから張り切りすぎたかもしれないが。

「最初は一対一で組むんだけど……」

最初に組んだやつがまず鼻血でリタイアした。

ふたり目はユージーンだったからなかなかの手応えだったけど……

「一対三で攻め役になったやつらがみんなぬるくてさ。喝を入れてやろうと思って少し本気出したらみんな簡単に転げてさ。……顔面狙ってないのに鼻血出しているし、二回目の授業は敵役だったから、型通りに首に腕回しただけで気絶するし……絞めてないんだぜ？」

「はあ……」

ポカンと口を開けるミシェル。

「騎士志望のやつらだぜ？　弱すぎないか？」

お兄さんは王国の将来が不安だよ。

「ヒューゴにライルだろ？　それにサイモン……ハンスはマジで投げてたろ？」

ユージーン、何笑ってんだよ。

「ハンス？　……あぁヒューズ男爵の息子な」

そりゃアイツにはちょっと痛い目見せないといけないだろ？

「で、三回目の授業で、教官が模範として連れてきたはずの騎士を全員制圧したんだよな、分で」

当たり前だろ、俺はいつだって本気だぜ。でも手応えなかったぞ。大丈夫か、王都。

「あのねぇ……リューディス」

しばらく無言だった、ミシェルがふう……と重い息をついた。

「それ、ほかの人が弱い訳じゃないと思うよ。でしょ？　ユージーン」

ユージーンが苦笑いして頷く。

「ヒューゴもライルもサイモンも結構強いぜ？　まあハンスはあれだけど……」

え？　……嘘だろ。

「その人たちは体術が弱いんじゃなくて、美人に弱いんじゃないの？」

ミシェル、なんだよ。そのくふくふ笑いは。

「まあ、俺は小さい頃から見慣れているけど、あんまり近いと、やっぱり突然目にしたら心臓に悪いし、リューディスはいい匂いするもんな」

はぁ？　ユージーン、何言ってるんだ？　意味わかんないんだけど？

「だ〜か〜ら〜」

ミシェルが俺に向かって鏡を突き出して口を尖らせた。

「美人慣れしてない人には、リューディスは精神衛生に悪いんだよっ！」

「いや慣れてても、リューディスはこたえる」

何頷いてるんだよ、ユージーン。

本当にワケワカラン。第一、男同士だろ？

「同性でもトキメクものは、トキメクだろ？」

「え？　わからん」

だいたい人間を見てそんなにテンションは上がらない。

ガキの頃に初めて見たヴィルヘルム・カーレント様は超カッコよかったけどな。

「すんごい武器とか魔術とか見るとテンション上がるし、強いやつの剣技を見ると興奮するけど、トキメキってそういうもんじゃやないのか？」

「あ〜……」

なんだよ、ふたりして死んだ魚の目になるなよ。

「このトーヘンボクは全く……」

「朴念仁だよな……」

意味わからんが、トーヘンボクとかボクネンジンて何のことだよ。

「言っても、わかんないしょ」

ミシェルがはあぁ……と肩をすくめる。

悪かったな、頭悪くて。

「とにかく……だ」

ユージーンがピッ……と俺を指差して真顔になった。

「青少年の健全育成のため、リューディスに不用意かつ至近距離に近づいてはいけません、ってことだ」

人を有害物質みたいに言うな。失礼だろ。なんだよ、青少年の健全育成って。

俺だって健全な青少年だぞ！　ぷんすか！

「教官のところには、というか、先生方には第二王子殿下の婚約者だって伝わっているんだから、リューディスは社会的距離《ソーシャル・ディスタンス》を厳密に守らなきゃいかん訳だ」

ユージーンがポンポンと頭を撫でる。

「フリだけなんだぞ？」

「それでも、さ」

つまんね～！

俺はふたりに慰められつつ、釈然としない思いで体術の授業を諦めた。

鍛練自体はクロードに相手してもらうからいいけどさ。

……くすん。

社会的距離《ソーシャル・ディスタンス》なんて大っ嫌いだあぁ～!!

第十一章　波乱の学園祭

ちくちくちく……

またも、お針を片手に夜なべをしているリューディスです。

理由は……というと、そこで美顔パックしながら何やらノートにしこしこ書き込んでいるミシェルくんだ。

そうそう、夏祭のあと、俺たちは夏季休暇に入り、恒例のアマーティア領とカーレント領に帰省してきました。

ミシェルの母親のナターリアはかなり回復して、ベッドから起き上がれるようになっていた。

辺境伯の赤ちゃん、ユージーンの弟イーライくんはとっても可愛い。小さい手も足も泣きそうなくらい可愛い。ぷくぷくな頬っぺたをスリスリすると甘いミルクの匂いがしてもうデレてしまう。

魔獣のミルクで育てているせいか、とっても成長が早くて歩くのも速いし、喃語《なんご》も喋る。

でも、その分大変なんだって。

『魔力が高いぶん、目が離せないんだ』

魔力を吸収する魔道具で赤ちゃん自身の身体の負担は抑えているが、やっぱり規格外らしい。縫いぐるみを浮かせて遊んでたり、揺りかごを自分で浮かせて揺らしたり。

見てみたかったわ。前世のサイボーグアニメのリアル版。

イーライくんはユージーンを『にーに』と呼ぶ。俺は『りゅー』、ミシェルは『みー』だ。

意外に言葉の発達が遅いのはテレパシー的なもので話を済ませようとして、口を動かすのをサボろうとするから、らしい。

そりゃあねぇ……頭の中にいきなり、

――りゅー、にーに好《しゅ》き？

なんて訊いてこられたら驚くわ。まぁ、『好きだよー』って答えたら、にへっと笑ってたからオーケーなんだろうけど。

ちなみにユージーンのファーストキスはイーライくんに奪われたそうな。

え？　俺のファーストキスの相手？

兄上です。生まれてすぐの頃に奪われたらしい。まあ、ありがちだよね。

でも、さ、イーライくん、

『にーに、ちゅー！』

って伝えてから俺ににへって笑うの、何なん？

それに『りゅー！　にーにちゅー！』ってとんでもないリクエストやめて。

シカトすると泣くし、物飛ぶし。

頬っぺたで許してもらったけど、ユージーンの顔は真っ赤だよ。

俺たち初心《うぶ》な青春前期の微妙なお年頃なんだから、察して。

保護者の兄上は笑ってたけど、ちょっと気温下がっていたからな。

おかげで俺だけ少し早く帰る破目になった、って嘘だけど。

歴史の成績がイマイチだったんで、兄上の補講があった。

なんてお小言貰ったが、久しぶりの兄上とふたりきりで過ごす時間もそれはそれで悪くなかった。

『まったく……』

ブリザードが吹かなきゃね。

で、学園に帰ってくると、秋のメインイベント、『学園祭』なるものがある訳だ。

中等部と高等部が合同開催するんで、催しも多彩。

武術大会もあるんだけど、中等部の一年は参加不可。

実力に差がありすぎるからだって、つまんねぇの。同時に魔術大会もあるけど、こっちも同じ。

でもまあ、すごいのいっぱい見られるってことで、今から楽しみではある。

模擬店もかなり出るみたいだけど、こちらも運営は高等部オンリー。

先輩方の花嫁修業の成果の御披露目だからね。美味しいものがあれば、俺は満足。

で、中等部の一年が参加できるのは、学年ごとの催し物と美人コンテストとダンスパーティー。

異世界でもあるのね、ミスコン、いやミスターコンテスト？

あとは体験コーナーで楽しみなさい、な一年坊主。

学年の催し物は……演劇だ。恒例なんだって。

ふたつのクラスが別々に公演するんだが、うちのクラスは伝説の英雄《ヒーロー》の物語。なぜか魔王も出てくる。ま、伝説だからね。

——へー、そー、ふーん……

主人公の英雄《ヒーロー》ヒーロの役はユージーン。当然、クラスのみんなの満場一致。

で、相手役のヒロインなんだけど、…………

え？　なんで俺がヒロインなの？　おかしくね？

「ミシェル、なんでヒロインやらないのさ？」

「私は脚本と演出もあるの！」

ドヤ顔でふんす！　と胸を張るミシェル。

総監督まで付いてるじゃん、さすが創造者《クリエイター》。

いや、そうじゃない。

「一番セリフ少なくしておくから」

いやいや、石とか木とかあるでしょ。セリフない役。

「そんなの、許されると思うの!?」

ビシッと黒板を指差すミシェル。

クラスメートよ、票の入れかた間違っているぞ！　そんな忖度《そんたく》しなくていいから！

……え？　してない？　じゃ苛めか？　ううぅ……

「諦めろ、相方は俺なんだから」

ユージーン、ひどい。

結果、そのほかのキャストも決まり、現在、準備に追われている真っ最中だ。

ヒロインの衣装作成を引き受けたはずのミシェルは脚本の練り上げに没頭している。

「リューディスのほうがお裁縫、上手じゃん」

最初から俺に丸投げ予定かよ、こら！

ちなみに一番キャストで揉めたのはヒロインを拐《さら》う敵の魔王役。

希望者なし……どころか希望者多数で紛糾したとかしないとか。

なんで？


学園祭当日。

俺たち、つまり俺とユージーンとミシェル、そしてモーリスくんはまず、武術大会の見学に行った。

最初の剣術大会はダニエル様の圧勝。マクシミリアン王子は万が一を考えて出場不可。

でも一番最初の演武だけ見ても、かなりの腕であると動きでわかった。

弓術と馬術は王子のダントツ一位。

体術はやっぱり王子は出られず、ダニエル様が圧勝。

「出してもらえれば、全部一位を取れるんだけどね」

爽やかに微笑むマクシミリアン王子。付度《そんたく》なしに言ってなくはない。真面目に鍛えてるらしいのは体捌きを見ればわかる。

でも警護の苦労を配慮して、直接身に危険が及ぶ競技は出場不可。

仕方ないよな、王族だからな。

魔術大会はこれまたラフィエル様の独壇場。攻撃魔法の部はマクシミリアン王子が雷魔法でバスバス的を射抜くのはかなりカッコよくてすごかったけど、召喚魔法でフェニックスなんて呼び出されたら勝てないよ。まぁ、すぐに飛んでっちゃったけど。

技術点、芸術点でラフィエル様の勝利ってとこかな？

ひととおり見学したら腹が減ったので、模擬店でサンドイッチや串焼き肉の軽食とドリンクをゲット。

ちゃんと浄化魔法をかけて食べ歩きしていたら、アクシデントに遭遇した。

あのハンス——ヒューズ男爵子息がガタイのデカイ上級生らしい生徒数名に囲まれていたのだ。

「なんだぁ？」

腕に何かを抱え込んでる。

「猫ぉ？」

ユージーンが頓狂な声を上げた。確かに腕から白い毛並みと長い尻尾が覗いている。

「学園に迷い込んできた猫です。……時々、ハンス君が餌を上げているの、見たことあります」

モーリスが小声で囁いた。

「早くよこせよ！　こら！」

どうも連中はその猫を取り上げようとしているらしい。

「俺たちが魔術の練習に使ってやろうって言ってんだ。早くよこせ！」

「嫌だね！　……なぶり殺しになんかさせねぇ！」

はぁ？　なんだコイツら。

聞けば、火の玉やら氷やらぶつけて猫をいたぶるつもりらしい。

ヒューズはそれを阻止するために猫の盾になっている状況のようだ。

——あいつ、いいとこあるじゃん！

かなり殴られたり蹴られたりしたらしく、唇の端が切れて服も土まみれだが、それでも蹲《うずくま》って猫を庇っている。

俺も動物虐待は反対だ。

となれば、やることはひとつ。

「これ持ってて。モーリス、先生呼んできて」

食い物の皿をミシェルに預け、ハンスに歩み寄る。ユージーン、そう呆れてくれるなよ。

「せんぱ～い、何してるんですか～？」

ヒューズに拳を振り上げた厳ついやつの腕を軽く掴む。

「はぁ？　なんだお前？」

振り向いたところで、思いっきり体重を乗せて鳩尾に膝をめり込ませてやった。

「何しやがる、こいつ！」

ふたり目は肘打ちして回し蹴りをかます。ん～、いい感触。

「リュ、リューディス？」

ハンス、そんなとこで目を丸くしてないで、早く退避しろよ。

ユージーンが気を利かせ、ハンスを地面からひっぺがして少し向こうに追いやった。

「このガキ……！」

さすが先輩、体力あるねぇ。そう来なくっちゃ！

「まったく喧嘩っぱやいな、お前は」

ハンスを退避させたユージーンが背中合わせに構えを取る。

「訓練だよ、訓練！」

「この……チビのくせに！」

あ、今チビって言ったな！　ムカッ！

これでも百六十センチはあるんだぞ。まだ伸び盛りなんだ、俺は。

手加減、や～めた！　全力で行くぜい！

「おい、怪我人は出すなよ！」

わかってらい！

「ユージーン、お前もな！」

——で、ふたりで素行よろしくない先輩相手に実践訓練に勤しむことしばし。

「おい！　そこ何をやってる！」

モーリスが教師を連れてきた頃には、上級生らしき計五名が地面と仲良くしておりました。

「あ、先生。実践訓練してました～」

へらりと笑う俺たちの視線の片隅でマクシミリアン王子が固まっていた。

モーリス、面倒なもんを連れてくるなよ。

「ヒューズ君が先輩たちに暴行されていたので、リューディスとユージーンが止めたんです」

ミシェル、はっきり言わないの。

「違います。そのガキどもが……」

王子の顔を見て、必死で取り繕う先輩方。

「ガキ？　……彼は私の婚約者だが？」

ピクリと王子の頬が動いた。

「ヒッ……」

真っ青になって俺を見る先輩方。

遅いわ。まぁフリだけど、今はナイショ。

「詳しい話を聞こうか」

プルプルしている先輩方は王子に任せ、俺とユージーンはハンスのほうに足を向けた。

「大丈夫か？」

「余計なことをしやがって……」

だいぶひどくやられたわりには威勢いいじゃん。

「お前じゃねえよ、猫がピンチだったから猫を助けたんだ」

お、さすがユージーン。いいこと言うな。

「立てるか？」

「お、おぅ」

ユージーンが肩を貸して立たせた。

「医務室行くぞ」

「これくらい大丈夫……」

強がりを言うが歩くとちょっと左足が痛そうだ。骨折なんかしていないだろうな。

「明日の舞台があるんだ。格好つけるな」

まだ腕の中におとなしく猫は収まっている。かなり人に慣れているな。

俺たちは猫ごとハンスを医務室に運ぶことにした。

医務室の先生の見立ては……

「軽い捻挫ですね。あとは打撲。冷やせば治ります」

でもなぁ……

「ユージーン、部屋借りていいか？」

「構わねぇよ」

俺の意図を汲んでか、ユージーンは快諾した。

ふたりでハンスをユージーンの部屋に運び、ソファーに座らせて足を延ばした。

うん、やっぱり腫れてるな。

「何すんだ？」

「おとなしくしてろ」

ハンスの足に手をあて魔力を流し込む。ほんの数分で腫れはきれいに引いた。

「治癒魔法か……」

「黙ってろよ。内緒なんだ」

そう、俺は初歩程度なら治癒魔法も使えるようになった。チートだろう？

「礼は言わねぇぞ」

「構わないよ」

突っ張るねぇ、まあいいか。

「この猫、可愛いね」

ミシェルが猫の頭を撫でながらハンスに笑いかけた。

「お、おう……」

「迷い猫？」

「校庭にいたから……」

猫好きなんだな、ハンス。

「飼うの？」

「俺、相部屋だから……」

確かに、それはマズいな。

「舎監に頼めよ。動物好きだぜ？」

「うん……」

ユージーンの提案にハンスは素直に頷いた。

「あ、そうだ……」

俺はふと思い出して髪のリボンを解き、首輪代わりに猫の首に結んでやった。

「リューディス？」

「兄上の防護魔法入りだ。ああいう連中から守ってくれる」

「あり……がとう」

ほう、猫についてはちゃんと礼を言うんだね、ハンス。

結局、ハンスの猫は学園の猫になった。名前はリラ。餌係はやっぱりハンスだ。

ちなみにハンスに暴行を働いた五人は厳重注意。ふたりは休学。卒業間近を考慮して退学はなかったけど、後の進路がかなり厳しくなるのは必然だな。

ハンスの治療に俺の部屋を使わなかった理由？

……ミシェルに思いっきりデコられていたからだよ。

恥ずかしくて、ほかのやつになんかに見せられるか。

ハンスの手当てが終わって学園祭の会場に戻ると、お隣さんのB教室の辺りが何やらザワついていた。なんだ？　と思って覗いてみると、Bクラスの演目の衣装だったらしきものが一着、ボロ布と化している。

女神と聖女の話らしいけど、聖女にしても清貧すぎるな、うん。

例の香水臭い令息のひとりが俺を見つけて金切り声を上げた。

「リューディスくん、ひどい！」

は？　何が？

「僕たちの劇の衣装、破いたの君でしょ⁉」

はぁ？　……なんでそんなことせにゃならんの？

目が点になる俺を睨み付け、香水臭いご令息その二が叫び声を上げる。

「僕たちが可愛いからって、そんな嫌がらせしないでよ！」

はあぁぁ？

いや不細工とは言わんけど、別に俺は君たちと見た目で勝負する気ないし。

「こんな意地悪な人がマクシミリアン殿下の婚約者だなんて、信じられない！」

そこかい。ガセなの知らんのかい。

あ、コイツらを回避するためのガセなんだっけ？　知らんけど。

でも犯人呼ばわりは心外だな。

「証拠は？」

冷やかに尋ねるユージーン。

「証拠なんて……。なくたってリューディスくんに決まってる！　僕たち、さっき見たんだから！」

見たって何を？

「僕たちが教室に忘れ物を取りに来た時、リューディスくんが慌てて教室から逃げたんだから！」

分身の術も使えるのか、すごいな、俺。

「ユージーンくん、庇って嘘ついてもダメだよ、僕たちはっきり見たんだから！」

眼医者行ったほうがよくない？　いや、幻覚は脳外科か？

「さっきって何時くらいの話？」

「つ、ついちょっと前、三十分くらい前だよ。ビックリしてBクラスのみんなを呼んだんだから！」

よく見ればBクラスの皆さん勢揃い。お疲れさまだねぇ。

突然、笑い出すユージーン。こらこら。

「あのさぁ……嘘はもっと上手くつきなよ」

「嘘って……本当なんだから！」

ムキになる自称可愛いふたり組。

「リューディスがその時間に教室に来るのは無理だよ」

クックッとミシェルも笑いを堪えている。

お前ら少しは乗ってやれよ。

「無理って、なんでさ⁉」

「俺たち、寮に戻ってたもん。舎監に聞いてごらん？」

うん、猫預けてたな。

「も、もっと前かも……僕たち焦ってたから、クラスのみんなを集めるのにもっと時間かかったかも……」

しどろもどろになるふたり。

演技下手ってか、台本雑。

「もっと無理だね。……だってその頃ってリューディス君たちは校庭で喧嘩してたもん」

しれっと言うモーリスくん。

援護ありがたいけど、喧嘩って言うな。あれは、く・ん・れ・ん！

「「「喧嘩ぁ？」」」

ほら、Bクラスの皆さんの口がぱっかり空いちゃったじゃないか。

「あの……校庭で上級生とやり合ってたの、やっぱりリューディスくんなの？　まさかと思ったけど……」

はい、俺ですよ。

「やり合ってたって？」

「上級生の……ほら、あいつらと喧嘩してたんだよ。で、あいつらをのしちゃったんだ！」

「のした……？」

いや、実践訓練だから。そう引くなよ、諸君。

「嘘……信じられない！　そんな野蛮な人が殿下の婚約者だなんて」

今度はそっちかい。論点がズレてるぞ。

「どうしたんだい？」

あれ？　マクシミリアン王子、どこから？

「いや、Ｂクラスの子が大変なことが起きたって呼びに来たんだが……」

あらま、わざわざ手間かけて。墓穴掘るの好きだね。

「リューディスくんが僕たちの劇の衣装を破いたんです！　……なのに喧嘩してたなんて嘘ついて！　……殿下の婚約者なのに、そんなことする訳ないですよね⁉」

するんだな、これが。なんせ偽婚約者だから。カッコ仮だから。

「いやそれがね……」

チラりと横目で俺を見る王子。

「たまたま私も立ち合っていてね。素行に問題のある上級生に喧嘩……いや、勇気ある指導をしていた」

はいはい、喧嘩を売ったのは俺ですよ。

「誉められたことではないが、危機に瀕していたほかの生徒を助けた。その身をもって慈愛の姿を示したと私は思っている。その後の行動は医務室の先生がご存じだ」

フォローありがとうございます、王子。

こら、ミシェル、笑うな。

「無闇に人に罪を着せようとするのはよくないな。今後は言動を控えたまえ」

「はい……」

項垂れるふたり組。でも問題は解決してないよ。

「で、でも衣装が……」

自作自演にしてもやっちまったねぇ……

クラスの行事だよ？　他人に迷惑かけたらイカンでしょう。

「あの……直ればいいんですよね」

おずおずと進み出るモーリスくん。

「僕が直しますから、リューディスくんに謝ってください」

え？　モーリスくんは裁縫得意なん？　ビリビリだよ？

「平民の癖に直せるの？　学園祭の間は外出禁止なのに！」

確かに布を買って作り直したほうが早そうだ。

でもモーリスくんはそれに答えず、黙ってボロボロの衣装に手をかざし、詠唱を始めた。すると……柔らかな光が衣装を包んだ。そして徐々に布地が重なり始め、詠唱が終わる頃には、完全に元の状態になっていた。

——え……？

ぽかんとする俺たちに、モーリスくんははにかむように小さく笑った。

「復元魔法です。……僕はこれができるから入学が許されたようなもので……」

「すごいな、お前！」

自然と拍手が巻き起こり、モーリスくんは一層照れくさそうに笑った。

「衣装は戻ったんだ。今後は事故のないように管理したまえ」

マクシミリアン王子は教室のみんなに告げ、俺のほうを振り向いた。

「リューディス、この件について君に非はないが、無謀な行動には厳重に注意させてもらうよ」

「はい……」

頷く俺の背後になぜか冷たい風がふいに吹き付けてきた。

――まさか……

おそるおそる振り向いた先に、プラチナブロンドの髪が冷風とともに靡いていた。

「に、兄様……いや、兄上？」

「リューディス、詳しい話を聞こうか……」

政庁にいるはずの兄上が唇の端を少し上げ、腕組みしながら仁王立ちしていた。

え？　なぜ？　どゆこと？

狼狽《うろた》える俺に、王子がしれっと通達を述べる。

「君には父兄から厳重に注意してもらう。いいね？」

王子のイケズーーーーー!!

その後、俺は寮の自室でユージーンと並んで床に正座し、兄上に約二時間ほど説教……もとい懇々と諭された。

なぜユージーンも一緒かと言うと……

「辺境伯様は甘い」

兄上が言うには、辺境伯にも話はいったが、何ぶんにも遠距離であるし、よろしく頼むと言われたそうだ。

しかも……

——男が喧嘩のひとつもできんでどうする。こちらに義があり、勝ったならいいではないか、と笑っていたという。

「王都におられて遠距離も何もないものだ」

溜め息混じりに言う兄上にユージーンが眼を剥いた。

「父上は王都にいるんですか？」

「辺境軍に使える人材を身繕っていたそうだ。君に声を掛けようとしたら、実践訓練の最中だったので遠慮したとおっしゃっていた」

兄上の言葉に、ユージーンがうへぇと口を歪めた。

「明日は大人しくしてろよ。お前たちの催し物を見に来るとおっしゃってたからな。もちろん、私も鑑賞させてもらう」

「はい……」

兄上に女装を見られるのは嫌だな、と正直に思った。

ひとしきり説教をし終わると、兄上は王都で一番のスイーツ店の焼菓子をマジックボックスごと置いて帰っていった。

「明日、みんなで食べなさい」

そして帰り際にくしゃっと俺の頭を撫で、いつものように微笑みを浮かべて淡い光の中に消えた。

もしかしたら俺たちのために、兄上は今日は徹夜かもしれない。

俺は兄上の後ろ姿に前世の兄貴がふと重なって見えて少し切なかった。もう届かない背中が恋しかった。

明けて翌日、俺たちは講堂のステージで演技を披露した。

Bクラスが先で俺たちが後だったが、最初と入れ替わりで先生たちがステージなどの設備チェックをしたので、問題は発生しなかった。

しなかったが……俺的には大いに問題だった。

まずドレスの動きづらいこと。

しかもミシェルにメイクまでされて、皮膚呼吸ができずに窒息しそうだった。

ミシェルの言ったとおり台詞は三つだけ。「何者だ！」「無礼者、離せ！」「ありがとう、感謝する」で済んだ。

劇のストーリーは英雄が魔王を倒して拐《さら》われた聖女《ヒロイン》を救い出すという、実に典型的な話だ。

しかも俺は序盤に拐《さら》われ、終盤に英雄が救いに来るまでずっと眠らされている。

つまり寝てるだけ。

ミシェルいわく、俺には「演技力がない」からだそうだ。

実際楽だったが、劇の途中、本気で眠りそうになった。

それはまあいい。

攫《さら》われるシーンでハンスに抱え上げられるのも少し恥ずかしかったが、ボソッと『昨日はありがとう』と囁かれたのには思わず頬が緩みそうになって困った。

いやしかし、一番の問題はそこではない。

魔王を倒した英雄が聖女《ヒロイン》を呪いの眠りから覚ますためにキスをする……というベタすぎるベタなシーンがあり、真似だけ、ということでユージーンにも話がついていたが……

ユージーンのやつ……!!

本当にキスしやがった。しかも三秒も。

あと一秒長かったら本気で殴っていたところだが、上げた手を上手く避けられてさっと抱えられてしまった。ぐぬぬ……

おかげで少ないセリフまですっ飛ばすところだった。

「ユージーン、お前なぁ……！」

カーテンコールが終わって幕が降りてから俺がマジで怒ると、あいつはニヤッと笑いやがった。

「わりい、足が滑った」

ウソつけ！

しかもドレス姿を兄上や辺境伯に見られたのはそれ以上に恥ずかしかったけどな。

「攫《さら》っていいか？」

劇が終わったあと、冗談だと言ってはいたが、辺境伯の目がマジで怖かった。

「ダメです！」

食い気味に返した兄上の顔も超マジで笑えなかった。

ラストのダンスパーティーはやたら相手の申し込みが多く、とんでもなく疲れた。

ファーストダンスはミシェルだったからよかったけど、次はユージーン。

あとはモーリスくんにハンスまで申し込んできやがった。

ラストダンスをマクシミリアン王子と踊る頃にはもうクタクタだった。

しかも美人コンテストには参加もしていないのに、勝手に特別賞にされてしまった。

『闘う姫賞《プリンセス》』

って、なんだそれ⁉

俺は女の子《ひめ》じゃなーーーい‼

副賞のラズベリーパイは激ウマだったけどさ。なんだかなぁ……


学園祭の熱がようやく冷めた晩秋、俺は王都のアマーティアの屋敷に帰った。

兄上から帰って来るように指示があったのだ。

「リューディス坊っちゃま、お帰りなさい」

「ただいま、マリー」

迎えてくれた乳母は、ちょっと以前より小さくなった気がした。

「兄様は？」

「テラスでお待ちですよ」

上着をマリーに預け、薄い陽の差す廊下を辿っていく。

意外にその距離は短く、テラスの椅子にゆったりと腰掛けて本を開いている兄上の姿がすぐに目に入った。

「ただいま帰りました、兄様」

「あぁ、お帰り。リューディス、そこに掛けなさい。……リヒター、お茶を」

「はい、若様」

執事のリヒターが丁寧に頭を下げ、俺の前に真っ白なカップを置き、香り高いお茶を注いだ。

「今日はミシェルは？」

「マクシミリアン殿下と街に出ています。ユージーンやハンスたちも一緒です」

「それは悪いことをしたかな……」

「いいえ」

そう、今日は王子に「街に出ない」かと誘われてた。

けれど、俺がいてはミシェルと王子の距離は縮まらない。

兄上からの指示は俺には好都合だった。

「学園祭は楽しかったかい？」

「はい」

兄上の口調は揶揄《やゆ》するでもなく、咎めるでもなく、とても静かだった。

その頬には小さな微笑みすら浮かんでいた。

「学生生活は楽しめるだけ楽しみなさい。学業を怠らない程度に、ね」

「はい……」

俺はお茶をすすりながら兄上の顔を盗み見た。

プラチナブロンドの髪が木漏れ日の淡い光を弾いて、とても綺麗だ。

ふたつの澄んだ瞳は静かな湖のようだ。面差しは……以前よりやはり痩せただろうか？

しばしの沈黙があり、そして兄上の目がじっと俺の顔を見つめていた。

「リューディスは本当にマクシミリアン殿下と結婚する気はないのだね？」

「はい」

即答だ。王子の嫁になるのはミシェルだ。

俺は男の嫁にはならない。

「そうか……」

兄上は小さく息をついた。

そして、声をひそめて言った。

「父上はミシェルをアマーティア家に入れることを望んでいない」

「なぜ？」

思わず訊き返して、俺はハッと口をつぐんだ。

兄上は俺が気づいたことを肯定するように、小さく頷いた。

「ミシェルはお祖父様の兄上の孫だ。ある意味、アマーティア家の正統な後継者でもある。……お祖父様はできれば正統な後継者であるミシェルにアマーティア領を譲りたいとお考えなのだ。なおかつ……」

ふと、兄上の目線が厳しくなった。

「国王陛下は、マクシミリアン殿下とお前を結婚させてアマーティア家を継がせるおつもりだった」

あっ……と俺は小さく声を上げた。

「兄様が、王太子殿下の側妃というのは……」

兄上が小さく口元を歪めた。

「私は父上に嫌われているからな」

俺をマクシミリアン王子と結婚させ、王子にアマーティア家を継がせるとなれば、本来の後継者である兄上は身の置き場がなくなる。

——だから王太子の側妃に……

「我が子がふたりとも王家に縁付いたとなれば、アマーティア家の権力は絶大なものになる。周囲の貴族の反発は強くなるがね」

そこにミシェルが現れた。

しかもミシェルは滅びたとはいえ、シルヴァの王族の血を引いている。

格としては一介の貴族の子である俺たちより上だ。

アマーティア家の格を上げることはあっても、下げることはない。

――でも……

俺の思惑は、兄上の当主としての座を奪うことになる。俺は自分の浅はかさを呪った。

俯いた俺の気持ちを察してか、兄上はクスリと笑った。

「私にリンデン公爵家から、縁組みの話が来ている」

――……え？

俺は思わず顔を上げた。

リンデン公爵家は、アルフォンソ様とザ・学者様ことハーミットの実家だ。

「リンデン家としては、難はあっても、アルフォンソに家を継がせたいらしい。次男もハーミットも、アルフォンソが家を継ぐことに異存はないと言っている。……すぐにという訳ではないが、私をアルフォンソの婿に迎えたいというのだ。……私たちはよき友人であって、そういう関係ではないのだが」

でもアルフォンソ様は兄上が好きだ。悪い話ではない。

――兄上はどう考えているだろう……

「リンデン公爵家はアマーティア家に劣らぬ名家だ。恋愛的な感情を持てなくても、いずれ互いに認めあってリンデン家を支えてくれればありがたい、とアルフォンソは言っている」

「兄様はそれでもいいとお考えなのですね？」

「アルフォンソは誠実な人だ。人間として信頼できる。リンデン公爵家に尽くすのも悪くはないだろう」

「そうですか……」

アルフォンソ様はとてもいい人だ。きっと兄上も愛せるようになる。

ならばその道も悪くはない。そう思う俺だが、なぜか胸の奥がチクリと痛んだ。

「それよりお前のことだ……」

兄上は二杯目のお茶を少し喉に流して、再び俺を見つめた。

「マクシミリアン殿下はまだお前を諦めていないぞ、リューディス」

はあぁ？　何ですと？

「侍従長や書記長に、同じ家から正妃と側妃を迎えるのは可能かと尋ねていたそうだ」

どゆこと？

「他国から正妃を迎え、貴族家の子弟は双方とも側妃に、という提言も出たらしい」

まさか俺とミシェルがふたりとも王子の嫁になるとか、そういう話？

「提言したのは父上だがな」

何ですとー⁉

「父上は帝国の王子を殿下の正妃に迎え、お前とミシェルを側妃にしたらどうだ、と提言したらしい」

「冗談じゃない！」

俺が王子の側妃というのもなしだが、それ以前に帝国は母国を滅ぼした国、親の仇の国だ。ありえない。

「国王陛下も殿下ご自身もその提言は却下された。我が国は帝国の介入を望まない」

「当然です！」

父上は何を考えているんだ！

もしかしたら……

「……父上は帝国と繋がっている？」

兄上が深く頷いた。

「私たちの母上はメレディア国の貴族の娘だが、実際には帝国の貴族の家からメレディア国の貴族の家に養女に入った女性だ」

「それじゃあ……」

父上は俺たちが産まれる前から帝国と繋がっていた!?

——父上を信じるなと言ったのは……

兄上は早くから気づいていたのだ。

「お前が殿下と添う気がないなら、ほかの道を探さねばならない」

兄上の長い指が俺の顎を掬った。

「学園祭の一件以来、釣書が殺到してるぞ。殿下との婚約が偽りと知っている貴族からは嫁に欲しいと打診が相次いでいる」

「上級生を殴り倒すような嫁が？」

兄上はふふっと笑って、そして少し寂しそうな顔をした。

「地方の領地を治めるにはしっかり者がいいんだ。……筆頭はカーレント辺境伯だ。ユージーンの嫁が嫌なら次男の婿でもいいそうだ……見込まれたな」

俺がユージーンの嫁？

弟のイーライくんの婿には歳が離れすぎてないか？

それに……

「僕はそんなに出来がよくない。母上は帝国の血筋だし……」

兄上は小さく首を振った。

「リューディス、お前のその瞳の色は母上に似たのではない」

「……え？」

「お祖父様の母君も綺麗な菫色の瞳をお持ちだったそうだ。そして、強くて美しい男性だった」

ぽん、と兄上の手が俺の肩を叩いた。

「自信を持ちなさい、リューディス。お前は紛れもなく、フランチェット王国の貴族の子どもだ」

エピローグ　深まりゆくもの

俺はアマーティアの屋敷から帰っていろいろなことを考えた。

兄上のこと、自分のこと、ミシェルやユージーンのこと……

思案する日々が続いた中で、幾つかの救いはあった。

思い余って、辺境伯に同性との結婚は考えられないと手紙をしたためた夜には、あろうことか辺境伯ご自身が転移でお越しになった。

遠距離でご多忙という話ではなかったっけ？

ユージーンの部屋に転移で現れた辺境伯は、俺とふたりで話がしたいからとユージーンを部屋から追い出された。

不思議なことに、ニコルの淹れたお茶を前に俺と向き合った辺境伯には『威圧』の気配がなかった。

「俺はもったいぶった話は嫌いでな」

辺境伯はまっすぐに俺を見て仰った。

「率直に言おう。俺は戦力として、リューディス、お前が欲しい」

「戦力……ですか？」

俺は意外な言葉にちょっと身を引いた。

「戦力という言いかたはおかしいかもしれないな。……息子の、ユージーンの相棒《バディ》として辺境領に欲しいんだ」

「相棒《バディ》……」

辺境伯はゆっくり頷いた。

「あいつの腹の中は、俺は知らん。自分の恋愛は自分でカタを付けるもんだ。そこに俺は首を突っ込むつもりはない。だが……」

ゴクリとお茶を飲み下して、辺境伯は続けられた。

「お前たちの戦いぶりを見た時、お前たちは互いに背中を預けられる相手だと思った」

俺は冷めたお茶にようやく口をつけ、辺境伯の顔を見た。

父親でもなく支配者でもなく、指揮官としての顔がそこにはあった。

「ユージーンはやがて辺境を治めなければならない。……辺境は平和そうに見えて常に臨戦態勢にある。王都の貴族と違ってなあなあで生きてはいけない。だから……」

その緊張と孤独を分かちあえる存在が、同じ位置で、同じ目線で、状況に対応してくれる相棒が必要だ、と辺境伯は仰った。

「俺とローウェルは冒険の相棒だった。夫夫《ふうふ》である前に生死を共にする仲間だった」

それは俺も聞いていた。

「俺はあいつにもそういう人間がいてほしいと思う。親心として、な」

顔の前に組んだ指の間からほんの少し、父親の顔が垣間見えた。

「時間はまだ十分ある。……あいつが背中を預けるに値する男かどうか、じっくり見極めてやってくれ。……答えはそれからでいい」

辺境伯はゆらりと立ち上がり、俺を見てニヤリと笑った。

「お前は知っているはずだ」

その言葉が何を意味するか、明確にはわからなかった。

が、瞬時に俺の脳裏に浮かんだのは、前世の相棒《バディ》、加藤祐介の顔だった。

「話はここまでだ。飯でも食いに行こう」

辺境伯はユージーンを呼び寄せると、外出許可を取り付け、冒険者の頃から通っているという王都の馴染みの店に俺たちを連れ出した。

俺は辺境伯の懐の深さに感謝した。そして、心底ユージーンが羨ましかった。

――辺境伯は、父親としてユージーンを愛し、信じている。

それは俺には授かることのできないものだった。

そして、辺境伯は別れ際に俺の頭をくしゃりと撫でて仰った。

――今は、カルロスの傍にいてやれ。やつは必死で戦っている。

俺は黙って頷いた。

そして、兄上を通して新たな提案がもたらされた。

「王太子殿下から、侍従として出仕しないかとのお誘いがあった」

「僕にですか？」

兄上は小さく首肯した。

「妃殿下が懐妊された。……冬の休みの間だけでも話し相手になってほしいそうだ」

「それは……おめでとうございます」

だが、俺は男で王太子妃は女性だ。ふたりで会うことは憚られる。

「もちろん、王太子殿下も同席される」

兄上が苦笑いしながら、続けた。

「王太子殿下は、妃殿下のいた世界のことをきちんと知り、理解したいと望んでおられる。……産まれてくるお子のためにも、妃殿下を、その生きてきた世界ごと受け止めたいと願っておられる」

王太子は誠実に異世界から来た女性を愛している。

それは戦火に愛を奪い取られた女性には何よりの慰めだろう。

――イリーナさんは新しく生き直す決心をしたんだ……

俺にはそれが何より嬉しかった。

◇◆◇

俺は新しいシャツブラウスを買い、刺繍を始めた。

「誰へのプレゼント？」

尋ねるミシェルに俺は微笑んで答えた。

「兄上のだよ。……冬の祭に間に合わせたいんだ」

俺は兄上のシャツに魔法使いを守るハシバミの枝を刺していく。

俺は兄上の戦いのために、今、俺にできることをする。

――俺たちは父上に勝つ。勝たねばいけない。

ほかの誰も知らない。俺と兄上、ふたりきりの戦いを戦うのだ。

――背中を預ける……か。

ふと、辺境伯の言葉が頭を過ぎる。

俺はずっと兄上の後方支援を受けて戦ってきた。

だが、これからは俺が兄上の後方支援をしなければならない。

ふたりきりの戦いを戦い抜くために、俺が兄上の背中を守らねばならない。兄上にとって背中を預けるに足る男にならなければいけない。

ズシリ……と腹に重く響くその言葉に俺はぐ……と唇を噛み締めた。

――祐介……

あの頃、俺たちは無我夢中だった。厳しい訓練の中、必死で泥の中を這いずり回りながら、互いの友情と信頼を信じて、確かめながら生きていた。

『大丈夫ですよ。隆司さんならきっとできますって……』

片えくぼの屈託のない笑顔が脳裏に浮かぶ。

デカい身体《ナリ》をして、厳つい顔をして、だが笑顔だけは妙に幼く、愛らしかった。

「そうだな……。やらなきゃいけない。……やるしかないんだ」

「なに？」

いつの間にか口から溢れていたらしい。

唐突な俺の呟きに、ミシェルが怪訝そうに俺の顔を覗き込んだ。

「なんでもない。……独り言だよ」

軽く手を振って視線をシャツに戻し、口をつぐむ。

ありったけの気持ちと魔力を込めて針を運ぶ。

「俺は俺のできることしかできないから……さ」

ふうん……とつまらなさそうに答えて、ミシェルはくるりと背を向けた。

そう、誰も自分のできることしかできない。

だからこそ、自分のできることに必死に取り組めば、『その先』が見えてくる。

——なぁ、そうだろう。祐介……

窓の外で、カサリと落ち葉が小さく鳴った。

この作品に対する皆様のご意見・ご感想をお待ちしております。

おハガキ・お手紙は以下の宛先にお送りください。

【宛先】

〒150-6019 東京都渋谷区恵比寿4-20-3 恵比寿ｶﾞｰﾃﾞﾝﾌﾟﾚｲｽﾀﾜｰ19F
（株）アルファポリス　書籍感想係

メールフォームでのご意見・ご感想は右のＱＲコードから、
あるいは以下のワードで検索をかけてください。

アルファポリス　書籍の感想　検索

ご感想はこちらから

本書は、「アルファポリス」（https://www.alphapolis.co.jp/）に掲載されていたものを、改稿、加筆のうえ、書籍化したものです。

転生令息《てんせいれいそく》は冒険者《ぼうけんしゃ》を目指《めざ》す!?

葛城煌（かつらぎ こう）

2024年 11月 20日初版発行

編集－桐田千帆・大木 瞳
編集長－倉持真理
発行者－梶本雄介
発行所－株式会社アルファポリス
〒150-6019 東京都渋谷区恵比寿4-20-3 恵比寿ｶﾞｰﾃﾞﾝﾌﾟﾚｲｽﾀﾜｰ19F
TEL 03-6277-1601（営業） 03-6277-1602（編集）
URL https://www.alphapolis.co.jp/
発売元－株式会社星雲社（共同出版社・流通責任出版社）
〒112-0005 東京都文京区水道1-3-30
TEL 03-3868-3275
装丁・本文イラスト－憂
装丁デザイン－フジイケイコ
（レーベルフォーマットデザイン―円と球）
印刷－中央精版印刷株式会社

価格はカバーに表示されてあります。

落丁乱丁の場合はアルファポリスまでご連絡ください。

送料は小社負担でお取り替えします。


ISBN978-4-434-34828-0 C0093